Xamás elétricos na festa do sol

Mónica Ojeda

Xamás elétricos na festa do sol

TRADUÇÃO
Silvia Massimini Felix

autêntica contemporânea

Copyright © 2024 Mónica Ojeda
Direitos de tradução negociados pela Agencia Literaria CBQ
Copyright desta edição © 2025 Autêntica Contemporânea

Título original: *Chamanes eléctricos en la fiesta del sol*

Todos os direitos reservados pela Autêntica Editora Ltda. Nenhuma parte desta publicação poderá ser reproduzida, seja por meios mecânicos, eletrônicos, seja via cópia xerográfica, sem a autorização prévia da Editora.

EDITORAS RESPONSÁVEIS
Ana Elisa Ribeiro
Rafaela Lamas

REVISÃO
Marina Guedes

ILUSTRAÇÃO DE CAPA
Kornélia Csikós

DIAGRAMAÇÃO
Guilherme Fagundes

Dados Internacionais de Catalogação na Publicação (CIP)
(Câmara Brasileira do Livro, SP, Brasil)

Ojeda, Mónica
    Xamãs elétricos na festa do sol / Mónica Ojeda ; tradução Silvia Massimini Felix. -- Belo Horizonte, MG : Autêntica Contemporânea, 2025.

    Título original: Chamanes eléctricos en la fiesta del sol.
    ISBN 978-65-5928-550-1

    1. Ficção equatoriana I. Título.

25-258553   CDD-E863

Índices para catálogo sistemático:
1. Ficção : Literatura equatoriana E863

Eliete Marques da Silva - Bibliotecária - CRB-8/9380

A **AUTÊNTICA CONTEMPORÂNEA** É UMA EDITORA DO **GRUPO AUTÊNTICA**

Belo Horizonte
Rua Carlos Turner, 420
Silveira . 31140-520
Belo Horizonte . MG
Tel.: (55 31) 3465 4500

São Paulo
Av. Paulista, 2.073 . Conjunto Nacional
Horsa I . Salas 404-406 . Bela Vista
01311-940 . São Paulo . SP
Tel.: (55 11) 3034 4468

www.grupoautentica.com.br
SAC: atendimentoleitor@grupoautentica.com.br

*Por acaso a poesia e a música não
surgiram dos sons que os feiticeiros faziam
para ajudar sua imaginação a conjurar?*
W. B. Yeats

*faz com que suceda o alento
e o caminho
para nos refugiarmos no local sagrado
onde guardamos a canção.*
Yana Lucila Lema

Nota à edição brasileira

Optou-se por incluir, ao final do livro, nas páginas 289 a 294, um léxico quíchua e da cultura andina que aparece no romance. Essa solução foi pensada para os leitores que queiram se aprofundar ou entender palavras específicas, sem prejuízo de sua autonomia na experiência de leitura.

PARTE I

RUÍDO SOLAR

Ano 5550, calendário andino

NICOLE

O ouvido é o órgão do medo, Noa repetiu na noite em que subimos a cordilheira para ver os Xamás Elétricos no páramo andino. Era a quinta edição do Festival Ruído Solar, um encontro de artistas sonoros que convidava poetas, músicos, dançarinos, musicômanos, pintores, performers e pessoas que diziam fazer de tudo, embora na verdade mal tentassem. Também era a primeira vez que fugíamos juntas, sem dinheiro, parando ônibus e pedindo carona a caminhões ao longo da estrada, sem outro plano a não ser desaparecer por sete noites e oito dias.

Sete noites e oito dias de noise experimental xamânico, de música ūnder pós-andina, de retrofuturismo thrash ancestral, contou-nos alguém que tinha voltado transformado pela experiência, um filósofo new age de quem roubamos oitenta dólares, uma revista de astrologia e três comprimidos de ecstasy. Vocês vão ver, vão ver, ele insistiu de olhos bem abertos, don Nietzsche já escreveu: o ouvido é o órgão do medo.

Não entendemos sua euforia, mas o escutamos porque as montanhas tinham o que desejávamos encontrar. Eu havia acabado de sair de casa, Noa tinha pintado o cabelo de azul. Eram tempos ardentes, cheios de vontade de nos expandirmos para ocupar um espaço maior no mundo.

Lembro-me do desejo. Lembro-me da sede.

Pensamos que poderíamos saciá-la na paisagem engendrada por um vulcão.

De acordo com o site da organização, a caravana partia de Quito e a viagem até o acampamento durava quatro horas. Saímos de Guayaquil para a capital cantando como sapos cansados de seu charco, ansiosas para deixar o rio e abraçar os vales, trocar os manguezais pelas espeletias, as iguanas pelos curiquingues. Ignorávamos como as mudanças podiam ser difíceis, a chaga que permanece em nós quando abandonamos o que é nosso. Ninguém vai embora do lugar onde alguma vez depositou sua atenção: a pessoa se afasta do lugar de origem levando consigo um pedaço dele. Noa tinha a mim, e eu a ela, ou assim pensávamos, acompanhando-nos na fuga, preparando a mochila uma da outra e escolhendo a música apropriada para antes da partida: "Miedo", de Rita Indiana, porque nem os grilos dormiam tranquilos na cidade-pântano; "Me voy", das Ibeyi, já que íamos felizes pois o céu nos movimentava. A música celebra a vida, dissemos, mas também traz à tona o pior, embora ainda nem pudéssemos imaginar isso.

Partimos sem dar explicações a ninguém. Noa era distraída, então eu me encarreguei de orientar nossa chegada a Quito. Faltavam poucos dias para o Inti Raymi, e durante o caminho homens e mulheres com máscaras de Diabluma nos contaram histórias sobre o Ruído Solar. Ouvimos suas descrições dos rituais, da poesia tecnoxamânica, das alucinações coletivas, mas sobretudo dos desaparecidos que faziam crescer a lista de pessoas que não voltavam para casa, embora regressassem ao festival, sempre ao festival, como se convocados pela altura e pelo basalto.

Como eles, nós duas fomos chamadas ao Ruído por uma voz geológica: a erupção do vulcão Sangay, no leste, que fez chover pássaros a cento e setenta e cinco quilômetros de distância. Despertamos com a cidade coberta de cinzas e aves mortas, e também com a consciência de que nada poderia evitar nossa subida ao páramo. Nada nos deteria porque essa erupção era a terra pronunciando nossos nomes, ditando-nos o futuro com a linguagem do subsolo.

Lembro-me das pegadas, do rosto sujo das crianças, do céu como uma pelagem de urso onde nada era visível e, mais abaixo, da rua cheia de sapos entre as penas.

Uma paisagem invoca outra, dizem. Uma catástrofe natural, por mais cruel que seja, traz consigo a ressurreição. Noa e eu conhecíamos este ciclo: o da beleza que surge das profundezas do desastre, rastejando, como se carregasse pedras no estômago. Sempre foi assim no ventre selvagem do território. Aqui todos escutam trovões de terra e bramidos de montanha, mantêm o equilíbrio em um chão que cavalga, ofega e morde ossos. A boca dos enxames, como o chamam, o local dos desmoronamentos.

Tínhamos dezoito anos e já havíamos suportado mais de uma dezena de terremotos.

Quinze vulcões entraram em erupção antes de nos tornarmos amigas.

Trinta permaneceram ativos.

Naquela época, minha mãe e a dela regavam o chão com água de camomila para fazê-lo dormir. Observavam os cães, os gatos e as iguanas, para ver se anunciavam algo, caso sentissem primeiro a pulsação da poeira, a raiva abrindo de um talho as raízes. As duas pertenciam ao grupo de autodefesa do bairro. Portavam pistolas e se reuniam com os vizinhos para organizar a segurança em casos de emergência. À noite, Noa e eu ouvíamos o barulho dos carros de patrulha, dos grilos e das balas. O país inteiro sofria com os sismos, mas Guayaquil era perigosa e as pessoas morriam diariamente por outros motivos. Crianças empunhavam armas enquanto nós duas descobríamos como era se sentir bem com alguém diferente de nós mesmas, alguém com quem conversar sobre o que era constrangedor, como a masturbação ou as dores íntimas. Ríamos, dançávamos ao som das bandas Bomba Estéreo e Dengue Dengue Dengue! e contávamos a verdade uma para a outra: que conhecíamos apenas a violência da natureza e dos homens, mas que desejávamos ansiosamente ter alegria e prazer. Uma vida menos regida pela morte.

A dor te confronta com o que você precisa. Noa havia sido abandonada pelo pai quando era pequena, e o meu era alcoólatra. Nossas mães mal conseguiam olhar para nós porque as lembrávamos do que não tinha corrido bem, embora o que nos unisse era muito mais do que a falta de amor ou a solidão: era a urgência de fugir para longe.

Vamos amanhã, eu disse a Noa quando o sol fez arder até as entranhas dos lagartos.

Vamos, ela respondeu, porque o ar está pesado, os pássaros estão morrendo e os manguezais estão com uma cor doentia.

Uma cor de interior, pensei. Quente, do tamanho de um fígado.

O Ruído Solar se assentava nas encostas de vulcões como o Antisana, o Chalupas, o Chimborazo e o Cotopaxi. Todos os anos a organização escolhia um vulcão novo e montava tendas que simulavam um vilarejo perdido no fim do mundo. Nem sempre conseguiam licença, mas era difícil acompanhar seu passo quando as informações eram escassas, quase secretas. Nunca diziam nada sobre o local do festival nem do número de pessoas. Guardavam silêncio, e o público respondia correndo pela estrada, desviando de buracos tão grandes quanto crianças e dos deslizamentos das rochas.

Eu nunca tinha visto veios de pedra nem pedras de raio. Nunca tinha sentido frio sob a chuva.

Vimos árvores de yagual, veados-galheiros, cavernas ígneas, alpacas junto às lagoas, beija-flores azuis, libélulas, águas azul-turquesa e amarelas, árvores de quishuar, coelhos, pastagens, florestas, crateras extintas, vias estreitas e vacas pastando em suas margens.

Vimos espectros de montanha e grupos se preparando para o Inti Raymi, mas eles não nos viram.

Fizemos a primeira parte da viagem com umas meninas que tinham chakanas tatuadas nos ombros. Eram de Yantzaza e tinham cabelos longos, que usavam trançados. Disseram que os desaparecidos do Ruído não desapareciam realmente, mas ficavam na cordilheira para recrutar novas pessoas e compor música antiga. Ninguém sabia quem eram, mas aqueles que subiam ao festival queriam pertencer às suas comunas autogeridas em vales escondidos. Lá em cima, todos falavam deles em algum momento. Houve quem nos perguntasse se os conhecíamos, gente que nos garantiu que os desaparecidos andavam rondando por ali nos shows, escondendo seu culto aos raios, ao vento e ao sol, roubando instrumentos musicais e inventando cantos enlouquecedores.

O Poeta sabe quem são, contou-nos uma das meninas. Temos a sorte de ser amigas do Poeta.

Não sabíamos quem era o Poeta nem estávamos interessadas, mas a menina nos contou que "Ruído solar" era um poema de Ariruma Pantaguano e que os organizadores do festival haviam plagiado o título. Chamou-lhe poeta pós-apocalíptico, representante da nova cli-fi ancestral e da anarcoliteratura jovem, mago, conjurador de símbolos, xamã lírico e rapsodo andino. Entendemos pouco do que ela nos contou. Grande parte do Ruído acreditava na poesia entregue ao transe, ao inconsciente coletivo e à música. Eram místicos do ritmo, excêntricos que escolhiam pensar na arte como uma forma de magia que os salvaria do desastre.

Os conjuros são feitos com palavras, contou-nos alguns dias depois uma poeta puruhá que tocava teremim. Os encantamentos, com cantos.

No caminho, me deu soroche, o mal de altitude, como sangue de nuvem. Um soroche denso que encarquilhou meus dentes e me fez mergulhar em minha própria cabeça. Disfarcei o melhor que pude, mas odiei que Noa não sentisse nada e que fosse resistente à altura.

Aguenta aí, maluquinha, aguenta, disse ela, acariciando meu cabelo.

Senti vergonha de ser a doente, a rejeitada pelas montanhas, então lhe respondi atravessado. Eu disse: não me toque, mas ela não se importou. Noa ficava enjoada com os terremotos. Se um vulcão entrasse em erupção lhe dava febre, se caíssem cinzas do céu ela parava de comer, se a cidade fosse inundada pelas chuvas ela tinha pesadelos que a faziam gritar. Eu me considerava a mais forte de nós duas, a invencível, até que senti um malaire e tive náuseas.

Noa pediu para as meninas que fizéssemos uma pausa. Com relutância, elas pararam em um posto de gasolina sujo, com placas enferrujadas e cães sarnentos rondando a loja.

Vomitei no acostamento.

Não quiseram esperar por nós. Ficaram irritadas por eu estar passando mal e me fizeram saber disso com gestos mal-humorados e displicentes. Foram embora, e, depois de um tempo sentada na beira da estrada, comecei a me sentir melhor. Noa e eu ficamos pedindo carona por alguns minutos até que dois chilenos se ofereceram para nos levar em sua van. Eles eram mais velhos que nós e seu único tema de conversa era o rock progressivo sinfônico. Falaram de grupos musicais que incluíam quenas de osso de lhama, veado ou jaguar em suas canções; dos Xamãs Elétricos, que, além de tocar guitarras, baixos e teclados, usavam quenas feitas com asas de condor.

A flauta é o primeiro instrumento da história, nos disseram, foi feita com osso de besta, tá ligado? A vida e a morte do animal silvam por esses furinhos, ouçam e vejam.

Antes de sair de Guayaquil, Noa pôs para eu ouvir uma música dos Xamãs em que soam erupções, tempestades e sismos. Eles usavam fragmentos de música andina e gravações de sons naturais, como quedas d'água, nevascas, trotes de animais etc. Sua música mais ouvida reproduzia em loop uma erupção do vulcão Reventador. Sua segunda música mais ouvida, o terremoto que devastou Pedernales.

Uma onda acústica viaja mais rápido que uma onda sísmica. O som chega à consciência antes da luz e do desespero. Durante anos, as pessoas acreditaram que os terremotos eram gerados pelo deslizamento subterrâneo das montanhas, e era lógico pensar assim, porque uma montanha se dividindo vibra e ladra, retumba como se outros planetas estivessem se quebrando em sua boca. Noa ouvia esses barulhos em seus pesadelos. Muitas vezes eu a vi se revolvendo na cama, suando, gemendo baixinho, e me perguntei se o que ela ouvia realmente não tinha nome ou se ela temia nomeá-lo, como quando deixamos de pronunciar certas palavras por medo de fazê-las aparecer.

Os chilenos nos falaram de quatro sismos em que pensaram que morreriam esmagados depois de ver uma luz intensa, um clarão entre o branco e o azul. Cada vez que a terra se rompia, nós duas víamos essas luzes. Era normal que o resplendor fosse veloz, mas uma tarde o solavanco trouxe consigo uma longa luz que fez a mãe de Noa dar tiros no chão: pare de se mexer, seu filho da puta!, gritou com ele e começou a chorar de nervosismo. Eu imaginava os sonhos de Noa como as réplicas mentais do terror que passávamos quando aquelas luzes saíam.

Mãe de pedra, espuma dos condoooreees!, cantaram os chilenos. Amor, amor, até a noite abruuupta!

Com eles entramos na brancura e na densidade da névoa andina. Lembro-me da extensão infinita do páramo, do som fantasmagórico do vento.

Ugh, esta paisagem é um monstro, disse Noa.

Estacionamos a van em uma área estéril. Estávamos contentes, mas quando descemos senti o frio crescendo em meu ventre como um filho. Algo determinado a se formar em mim. Algo determinado a me romper. As nuvens cobriam com um véu o horizonte, não o velho dorso do páramo. Caminhamos no interior de seu céu amarelo, atravessamos seus matagais, e no coração da altura apareceram, saídas da neblina, pessoas que procuravam o vulcão.

Parecem zumbis, dissemos. Parecem estar mortos duas vezes.

De qualquer lugar eles podiam ser vistos com suas mochilas nas costas como astronautas. Primeiro dez, depois vinte e cinco, depois trinta e sete, depois quarenta. O número crescia conforme deixávamos para trás as cavalinhas e as orelhas-de-lebre.

Era estranho nos movermos juntos em direção ao que não se podia mirar, mas de vez em quando a névoa se afastava e víamos o quente: um colosso, um altar de magma brilhando em meio à hora azul. Dizem que diante do grande nos sentimos irremediavelmente pequenos, mas eu me senti imensa, guardando o tamanho do vulcão em meus olhos. Pensei: isso cabe em mim. E, sob nossos pés, a pastagem foi se desnudando para dar lugar a um deserto negro com flores de chuquiragas.

Às vezes, eu me lembro daquela tarde e fico com medo. Medo de como somos um minuto antes de que uma experiência nos transforme. Vimos chagras montando cavalos coloridos e um dos chilenos me contou a história da Siguanaba, um espectro em forma de mulher que atrai os homens para um barranco para lhes mostrar a cara de cavalo que ela tem, enlouquecê-los e fazê-los rolar pelo despenhadeiro. Então Noa me agarrou pelos cabelos e explicou que "pesadelo" em inglês era "nightmare", e que "nightmare" tinha em seu interior a palavra "égua".

"Mare" é égua, disse, mas também é o que eles chamam de espírito maligno que sufoca as pessoas enquanto elas dormem.

Há coisas de que não se esquecem. Quando tenho pesadelos, ouço cascos e relinchos. Levamos uma hora para encontrar as instalações do Ruído Solar: um semicírculo de mais de cem barracas e um cenário modesto onde o sol se punha. Eu já havia me acostumado ao frio, ao cansaço e à sensação de irrealidade que o assobio do vento me fazia no ouvido. Há ventos que podem te matar, dizia Noa: wayra huañuy, wayra puca, wayra sorochi, wayra ritu. Era a primeira vez que víamos tanta gente junta. A terra nos embalava, e a agitação do acampamento fez os guanacos fugirem para longe.

Quando chegamos, nossas mochilas foram revistadas.

Não se permitem armas nem projéteis, disse um menino com um crachá de identificação. Respondi que sabia atirar: minha mãe me ensinou, lhe disse. Noa também havia sido ensinada por sua mãe, pois na costa os homens eram assassinados, mas as mulheres primeiro eram estupradas e só depois nos matavam. Nos bairros já não havia ninguém maior de idade que não soubesse se defender, embora isso não nos servisse de nada. Os criminosos comuns diziam pertencer a narcogangues para que ficássemos assustadas e os deixássemos ir: vivam Los Lobos!, gritavam, vivam Los Choneros! Vivam Los Tiguerones, porra! Noa me contou que, quando ainda estava na barriga de sua mãe, um suposto membro dos Tiguerones entrou em sua casa e seu pai bateu tanto nele que fez seus dentes saltarem da boca. O cara fugiu, mas alguns dias depois encontraram uma poça de sangue na calçada, cinco dentes e uma cabeça de cachorro. Eles vão nos matar, disse a mãe de Noa, e o parto adiantou um mês. Segundo Noa, essa foi a razão pela qual sua mãe começou a vê-la como um produto avariado, uma filha podre desde o ventre.

Pelo menos ela não bate em você, eu disse.

Dá na mesma, o que importa é que ela quer fazer isso.

Entramos no acampamento com os chilenos, mas logo os perdemos em estradas de areia seca e brilhante. As tendas do festival formavam quadras com suas próprias esquinas e cruzes sinalizadas, e as pessoas tinham começado a se instalar e montar suas barracas. Vimos dançarinos segurando tochas e aros de fogo, instrumentos musicais que soavam como mamutes e lamúrias do mangue, relógios astronômicos, corpos nus pintados como a abóbada celeste, rostos tatuados, cabeças com chifres e chakanas entalhadas em meteoritos.

Isso é tempo congelado, disse-nos uma mulher que os esculpia, um tempo tão antigo e estrangeiro como Deus.

Na cordilheira, os caçadores de rochas espaciais levavam as pedras mais valiosas para vender. O restante era recolhido pelos moradores da região e tratado como pedras divinas. Fragmentos de asteroides e de cometas pendiam do pescoço de xamãs, peças sem nenhum valor para os que comercializam meteoritos de grande porte, mas espirituais para quem celebra a festa do sol.

Eram pedras escuras e pequenas, ora porosas, ora compactas, usadas em rituais ou para artesanato. Muitos as compravam como curiosidade, outros porque acreditavam que ter um pouco de céu os tornaria mais andinos, verdadeiros filhos do Inti e da Mama Killa. Havia roqueiros e ruidistas usando-as sobre camisetas do King Crimson ou de Sal y Mileto, gringos com ponchos caros que buscavam a experiência ancestral e que os carregavam sob o sol, colecionadores que regateavam meteoritos que talvez nem fossem meteoritos.

No festival havia gente que tatuava com ossos e madeira. Que adivinhava o futuro com folhas de coca ou nas entranhas de pequenos animais. Que pintava cega, dançava cega e tocava instrumentos cega. Músicos que mesclavam gêneros impensáveis para criar electropasillos, rumbablues, mambojazz, bachatapop e capishcafunk e que imitavam vozes de animais. Médiuns, bodyhackers, fotógrafos de aura, ventríloquos e gravadores de psicofonia.

Noa e eu conhecemos um casal que fazia tecnocúmbia espacial com sons que a Nasa extraía do universo. Em suas músicas, ouvia-se o vento de Marte, tormentas solares, auroras em Júpiter, pulsações de estrelas e nebulosas. Ele se chamava Pedro; e ela, Carla. Contavam que o som de um meteorito era o incêndio de sua própria luz na atmosfera terrestre.

Os sons falam, dizia Carla. Por exemplo, Júpiter soa como pássaros.

Eu gostaria de tê-los conhecido antes, mas no primeiro dia nos juntamos com dois músicos que fabricavam seus próprios tambores. Toda semana eles gravavam um podcast no qual falavam sobre a relação entre violência e música. Seus temas variavam de canções de combate a técnicas de fabricação de instrumentos, caça e xamanismo. Acreditavam que o tambor de pele de veado induzia ao transe e que certos ritmos favoreciam estados ampliados de consciência. Um deles disse: quem é incapaz de esfolar uma cabra jamais poderá tocar um tambor.

E nos mostrou sua caja ronca, um objeto mítico que, segundo a lenda, fazia soar como a morte.

Vamos ver, disse Noa, toque-a.

Ele se chamava Fabio e sua caja soava como árvores caindo sobre algo vivo e muscular.

Fui eu que inventei, ele disse, vocês nem adivinham o que tem dentro.

Noa pensou que eram insetos. Eu, folhas secas ou unhas.

Cabeças reduzidas, disse-nos orgulhoso, tzantzas de verdade.

Era difícil conseguir tzantzas reais com tantas falsificações no mercado turístico, mas ele tinha certeza de que as suas eram verdadeiras porque faziam parte de sua herança familiar. Ele as encontrou entre os pertences de seu tio-avô, um traficante que vendia curiosidades ilegais para europeus no início do século passado.

Elas têm os lábios costurados, disse a garota que o acompanhava. Em suas mãos o tambor soava oco, como se os cabelos das tzantzas suavizassem os golpes. E completou: lá dentro, as cabecinhas se beijam.

Ela era grande e de suas pulseiras pendiam cascos de lhama que, quando se chocaram, me fizeram ouvir a chuva.

O cadáver fala através do instrumento, contou-nos.

E o que diz?, eu perguntei, mas ela respondeu outra coisa: Meu nome é Pam.

Comemos cogumelos e Noa repetiu que o ouvido é o órgão do medo, como se soubesse desde o início o que ia nos acontecer. Eram vários os que chegavam ao Ruído com intenções experimentais, vários que destruíam objetos no palco, cantavam canções entre o pranto e o grito e produziam ressonâncias espectrais com sintetizadores e instrumentos raros, mas só Fabio e Pam criavam tambores inspirados em mitos e lendas. Cada um tinha o seu, feito com as próprias mãos, e diziam sentir-se atraídos pelo aspecto tribal da percussão, por seu lado feminino e antigo. Eles nos falaram de tambores fabricados com crânios de crianças, tambores de água e leite que podiam transportar qualquer um ao mundo dos mortos, tambores mágico-religiosos e tambores de guerra.

Para fazer música, é preciso aprender a amar a morte, disse Pam.

É difícil explicar o que aconteceu depois que os cogumelos fizeram efeito. Ouvimos ruídos que saíam do amarelo e do ocre, observamos a forma aberta do vermelho. Os xamãs usam esse tipo de planta para se conectar com o mundo subterrâneo e aéreo, para falar com os animais, com as árvores, com os rios, e para adivinhar o futuro. Quando você tem cogumelos no sangue, um olho se abre dentro de seu tálamo e chora. Um olho gordo de ciclope: preto e absoluto. Por fora eu sorria, mas meu olho interior chorava, não de tristeza, mas de excesso.

Estávamos sentados na areia quando Fabio começou a falar sobre tambores feitos de pele humana. Ele disse que, de acordo com os relatos de alguns cronistas, os incas convertiam seus inimigos em instrumentos musicais para a guerra. Esses tambores eram chamados de "runatinyas" e se faziam conservando a integridade dos corpos; ou seja, se os incas quisessem assustar seus adversários, costuravam o instrumento dentro da barriga deles. Foi o que eu tive de imaginar na minha viagem de cogumelos: homens-tambores que pareciam vivos à distância. Eu me senti mal porque vi meu ventre saliente para cima na forma de um imenso tambor. Não fui a única que teve essa alucinação, Pam golpeou o dela com as palmas das mãos abertas e eu escutei manadas de vicunhas trotando ao longe, movimentos tectônicos, estampidos de bestas descendo do alto do Chimborazo.

Toda percussão soa como trovões, disse Pam. Como trovões, terremotos e um coração.

Permanecemos na barraca até que o Poeta começou a recitar no palco. Saímos para escutá-lo e eu tive medo de que as palavras me fizessem algo que eu não queria, algo como quando você escuta uma música e seus pelos ficam arrepiados e você chora, mas não de tristeza, e sim por causa de uma emoção incompreensível. Lembro-me de que o chão latejava como uma membrana e que eu caí várias vezes sobre sua pele cheia de nervos. O rosto das pessoas se repetia, o tempo se repetia. Eu não sabia o que fazer com minha barriga de tambor, então a segurei com as duas mãos como se fosse um bebê ou uma bomba. Sou perigosa, pensei, o som do meu ventre é violento porque nasce do impacto. É preciso bater no tambor para que ele libere o raio, a terra, a pata de lhama. Escutamos o Poeta excitadas pelos cogumelos, com o peito e as pupilas grandes, enquanto ele derramava sua voz como um gotejar fresco sobre a montanha.

Escuta o vulcão, kuyllur,
vou abri-lo para cantar-te
o grande poema do sol.
Ñachu shamunki?

Lembro-me das pessoas levando as mãos ao rosto.
Lembro-me de flores douradas, sikus e guitarras elétricas.

Somos do vento e da noite.
Primavera escura, sasaka minha,
primavera escura na noite mais longa.
Haku wichayman, haku wichayman.

Baleias cantam nos Andes.

Nenhuma baleia jamais bebeu água pura de páramo, seus corpos não descansaram na montanha nem receberam a proteção do vulcão, mas o Poeta fez aparecer uma baleia à nossa frente. O encantamento aconteceu naquele momento, quando seus versos alimentaram nossa viagem alucinatória. A baleia se alçou grande e escura diante da montanha nevada, atravessando o fogo dos Diablumas com seu rabo e tragando vento. Sei que o que digo não pode ser verdade, que esse tipo de animal não existe nas alturas, e ainda assim a ouvimos chorar como se lhe doesse estar ali.

Que besta linda!, Noa me disse. E com a chegada do pôr do sol a baleia cresceu ainda mais e assumiu a cor irregular da lua.

Ruído solar na pele dos gigantes,
ruído galáctico, sasaka minha,
ruído de condores em Marte.

Ñami pakarin.

É impossível pensar no páramo, mas o poema nos fez senti-lo na testa como uma pederneira. Poucas coisas posso dizer sobre esse pôr do sol. Digo que os cabelos de Pantaguano voavam sobre seu rosto às vezes, trazendo a noite e espantando a neblina. Que as pessoas fizeram silêncio em meio à repentina claridade noturna e que se abraçaram sob o céu estrelado. Que as palavras me pareceram objetos vivos, notas musicais, criaturas recém-descobertas. Conto que vi predadores nos rodeando enquanto se inaugurava o festival, enquanto o Poeta descia do palco e os aplausos irrompiam em seu nome. Conto que afugentamos as feras com a força de nossas vozes juntas e que todos cantamos ou gritamos porque no fundo era a mesma coisa, cantar ou gritar, e assim as assustamos. Assim suportamos a vinda da noite, a chegada da tuta. E naquele momento eu ainda não sabia que Noa pensava em ir procurar o pai que a abandonara, mas falei para ela de qualquer jeito: não me deixe, não vá me deixar. E ela pegou minha mão apertando muito forte e me disse: aquele homem, você está vendo aquele homem? Te juro pela minha vida que antes ele era um urso.

MARIO

Subi ao vale para a dança do sol e dos chagras. Levei a forma do Diabluma comigo. Era o mês do Inti Raymi. Me disseram que, se eu treinasse, poderia aguentar até setenta e duas horas dançando. Eu acreditei, pois já tinha visto isso acontecer.
    Meus parças da academia e eu fizemos um grupo para irmos juntos ao Ruído Solar. Queríamos tomar banho na cachoeira sagrada, ser Diablumas e acender o fogo da festa. Muitos dançarinos iam ao festival, mas nem todos eram uma cabeça de diabo. Eu queria ser uma cabeça de diabo e encarnar a luz e as trevas do mundo. Levamos nossas máscaras e nossos chicotes. Nossas samarras de pele de carneiro. Nossa chicha. Um Diabluma tem duas faces: uma que olha para a frente e outra que olha para trás. Tem cores e doze chifres. Só o Diabluma acende o fogo da festa do deus sol, como se sabe.
    Subimos.
    O baile do solstício é cansativo. Você pula com um pé e depois com o outro. Você pula como um cavalo corre e as mulheres cantam. Bem se sabe que as festividades inventam seus próprios personagens. O Inti Raymi inventou o Diabluma para que ordene o universo, e é por isso que ele vai nu se molhar à noite. Três noites ele se banha com água de riacho e lua nova. Pega a força da montanha. Limpa sua máscara de piolhos com um chicote. A vida do diabo entra no seu focinho e ele resiste. Não que eu acredite nisso, mas a lenda é linda. Dançar no alto do páramo com satã dentro de você é lindo.
    Na academia, não aprendemos nada sobre o Diabluma. Dançar deve ser emocionante, eu dizia. Dançar é uma experiência

sentimental. Dançando eu faço minha carne pensar. Li sobre danças extáticas, pratiquei algumas. O êxtase é chamado de "arrebatamento" porque é como sair de si mesmo para cima. É como se elevar para dentro. Tínhamos vontade de brincar com o Inti, queríamos nos divertir. Cada dança faz com que você se sinta diferente. O butô é aterrorizante, as danças dos concheros e dos giróvagos são lindas. Dançar qualquer dança por um dia ou mais é motivo de arrebatamento: você atravessa a fronteira do cansaço e depois há algo igualzinho a Deus. Aconteceu comigo, por dançar muitas horas seguidas, que uma luz veio para afugentar minha tristeza. Não a fez ir embora, mas a converteu em amor. Um amor enorme por todinhas as coisas que eu odiava. Um amor malvado.

Se me perguntarem, a dança do sol deve ser entendida, antes de ser feita. É uma dança da Pachamama e dos astros. É da fertilidade. Um dançarino tem que superar sua exaustão e não desistir, por isso fizemos o ritual. Três noites nos banhamos na pakcha e pegamos a força da natureza e do diabo. Limpamos nossas máscaras na água. Saboreamos a terra. Um Diabluma tem duas faces limpas e duas línguas: uma na frente e outra atrás. São línguas revoltosas, línguas de cachorro louco. Existem várias versões do mito. Dizem que uma galinha pretíssima pode aparecer enquanto você está se banhando. Não vimos nenhuma e lamentamos muito. O Julián disse que foi porque esquecemos o jejum que o Inti ordena. Um Diabluma deve jejuar oito dias antes da festa, mas tivemos fome e desprezamos a instrução. Não é que a gente acreditasse piamente nas histórias, a gente só queria fazer bem os passos. Houve um tempo em que as coisas eram bem-feitas e o Diabluma se chamava Aya Uma, que significa cabeça espiritual. Foram os espanhóis que o endiabraram. É por isso que o Julián o chama de Aya Uma, mas prefiro chamá-lo de cabeça de diabo. Não é por nada, é só que já me acostumei a dançar com meu diabo vermelho-pimenta em cima de mim:

é o que digo ao gênio endemoninhado que me sai às vezes. Se eu fico com raiva, me ponho vermelho e destruo o que está perto de mim. Comecei a dançar para tirar essa raiva ruim de dentro de mim. Sou um Diabluma e não um Aya Uma. Tenho duas caras: uma na frente, outra atrás.

Nos primeiros dias do Ruído, pensei muito na poeira. Os Diablumas saltam e levantam a poeira do páramo. Os chagras também. Eles dançam, só que não sabem disso porque são vaqueiros. Dançam com os cavalos e com o gado. Montam éguas e perseguem as vacas assustadas e os touros selvagens da montanha. Vê-los é difícil pela quantidade de terra no ar. Nuvens marrons encobrem o gado, que trota e corre em círculos. Você ouve os chagras cavalgando forte e os animais berrando ao céu. Isso é que é um coro montanhoso, um coro selvagem. Bem se sabe que os gritos das vacas deixam os cavalos e os homens irritados.

Um rodeio é uma dança.

Quando os vaqueiros caem, as vacas, os touros e os cavalos pisam neles. Parte da sua dança é que eles podem cair e morrer. Uma vez vi um chagra com a cabeça no chão, sorridente e bêbado. Alguns bebem para suportar o frio e se encorajarem. Sua dança é cheiinha de poeira, cheiinha de passos. Tem violência, poder e submissão.

Levantar a terra é dizer: somos pó de sol e a esse mesmíssimo pó de sol voltaremos.

As cantoras do festival entoavam alto: os átomos dançam, nada fica imóvel. Física básica cantada em sanjuanitos, então. Diziam que o Diabluma elevava o páramo até as estrelas como um chagra. Que o Inti Raymi era a energia da dança se balançando no escuro. Alguns chamam essa energia de Deus. Eu não a chamo de nada, só penso nela. Penso no vazio, nos átomos, na poeira e no sol. Eu danço e penso sobre o que é a dança. Um corpo transformado pelo estranho, penso: pela luz.

Eu gostava muito de ficar perto das warmis cantoras. Elas cantavam e contavam histórias todas as noites. Cantavam e contavam em frente ao vulcão e sob o cosmos negro. Levavam marcas de dor, quero dizer: hematomas e arranhões no pescoço. Às vezes eu ia ver como acendiam uma fogueira. Essas três warmis falavam baixinho, exceto diante do fogo ardente. Outras vezes eu fugia e vagava pelo monte em busca de chagras. Eram caminhadas longas e geladas: eu colocava meu poncho, bebia uma punta. Se fizesse sol era mais fácil. Sempre havia barulho no festival, mas o páramo é silencioso. Seu silêncio é o vento: um poema assobiado, belo e assustador como o Diabluma. Escutando-se o vento, escuta-se o espiritual. Isso era o que diziam as cantoras com seus contos de condores apaixonados.

Toda montanha soa como wayra, diziam: assim fala seu Apu, o espírito protetor dos cumes.

Acreditei nelas porque uma vez vi um pedaço de geleira caindo do vulcão. Parei e o vi cair todo-todinho. Parecia cabelo branco de montanha, cabelo velho de tayta. Escutei seu ruído feito de vento e pensei nos Apus dos grandes montes. Não havia cavalos, nem gado, nem lhamas por perto, e a música soava distante. Dançar nas montanhas cobertas de neve é um treco muito bom, eu disse a mim mesmo, só que se um pedaço de gelo cair em cima de você, já era. Nenhum Apu vai salvar seu pescoço.

Havia muitos dançarinos no festival. Minha outra parça, a Adriana, fez amizade com um cara que dançava nas falésias do Pacífico Sul. Estar a salvo é diferente de estar vivo, isso se sabe, mas ele só se interessava pela técnica. Os dançarinos são escravos da acrobacia. Escravos da beleza, então. A Adriana, por outro lado, adorava o risco e a feiura.

Quem se atreve a ser feio é grande, dizia ela. Os movimentos bonitos se desgastam, o infinito está no acidente e no erro.

Nós nos entendíamos, só que a Adriana estava louca. Na academia já entramos num fogo cruzado e todos nos jogamos no chão, menos ela, que continuou dançando. Por quase uma hora as balas passaram assobiando sobre nossa cabeça. A Adriana nem se agachou.

Esses filhos da puta não vão mudar meu plano, disse.

Quando chegamos ao Ruído, nos perdemos dela e o Julián a procurou como se fosse seu pai. Até certo ponto, o pai de nós dois era o Julián, sim, mas a Adriana não precisava ser procurada, era preciso deixá-la ir por aí. Nunca sabíamos onde ela ia se enfiar com suas maluquices. Ela fazia e desfazia planos, soltava a primeira coisa que lhe vinha à cabeça e nos trocava por qualquer novidade. Não fazia isso por ser má pessoa, mas sim porque era inconsequente. Assim que chegamos ao acampamento, ela foi passear e nem vimos mais sua sombra. Eu disse ao Julián: esta man ama o perigo por pura sem-vergonhice, por puro deleite. Ela vai voltar, lhe disse, e no terceiro dia a encontramos com alguns Diablumas que nos convidaram para beber, apesar da falta de interesse que demonstrávamos. Pareciam mortos-vivos, especialmente a Adriana, que tinha hematomas nos braços e nas pernas. Segundo ela, estava se sentindo bem, e talvez fosse porque ria muito, mas de qualquer forma a levamos ao yachak para que desse uma olhada nela.

Só havia um em todo o festival, os demais eram xamãs com guitarras elétricas que não sabiam curar ninguém.

Um yachak é um xamã que sabe.

Encontramos esse yachak na tenda de penas falsas. Ele carregava um crânio de urso e jogava xadrez dos Looney Tunes com uma garota cega. Olhou para a Adriana de pertinho. Soprou nos olhos dela, leu a fumaça da vela, e não demorou muito para que dissesse: LSD e soroche. Era o que ela tinha, e o Julián ficou putíssimo. A Adriana precisa ficar solta, eu avisei, mas ele não viu sua dança emocionada e começou a gritar dizendo que ela era uma inconsequente, e como ela era invocada lhe respondeu: me deixa em paz, seu chupa-pica.

Era o que a Adriana sempre fazia: deixava o Julián irritado. Se pudesse fazer isso, então fazia. Gostava de atenção e gostava de recusá-la se achasse que era o suficiente. Eu nunca insistia com ela quando se comportava de forma tão imprudente. O Julián era o culpado por querer tomar as rédeas dela como as de um cavalo. Adorava fazer papel de pai. Nós éramos seu rebanho e ele era o pastor.

Essa man vai se matar, ele me disse.

E daí? Deixa ela se matar, então.

Eu me mantive quietinho durante a briga porque o yachak nos ofereceu uma limpeza. Esfregou urtigas no nosso peito. Cuspiu em nós água de ervas medicinais e fumaça de cigarro. Passou um ovo perto dos nossos ouvidos e murmurou as palavras sagradas para nós. Um tempo depois ele nos mandou dormir.

Meus parças e eu dançamos para nos curar dos nossos males de nascimento. O mal do Julián era seu desejo de nos apascentar. O da Adriana, seu desejo de se autodestruir. O meu era meu diabo vermelho-pimenta. Contei a eles, sendo sincero: quando fico com raiva, viro um touro.

Um chagra sabe domar o animal furioso, lhes contei. Ele o desbrava e é digno de admiração.

Uma vez o Julián me agarrou pelo pescoço para que eu não fosse para cima dele e imediatamente minha febre baixou. Logo depois, senti vergonha do meu emputecimento. É assim: quando o diabo sobe nas minhas costas, eu rujo. Tremo e tenho vontade de fazer o mal. É um sentimento enfermiço e vergonhoso. Outra vez empurrei a Adriana por umas escadas sem querer. Estávamos na farra e algo sussurrou no meu ouvido, o que me deu coragem. Depois de um tempo eu amansei, mas já tinha a empurrado. Já lhe havia mostrado o diabo de duas línguas e duas caras. Isso é foda. Ela acordou com sangue na testa e me disse: tranquilo, bro, tranquilo. Mas comecei a chorar mesmo assim e a Adriana riu de mim.

Não sei se a ira está nos genes. Não sei se está no cérebro ou no coração, só sei que é uma condenação. Expliquei aos meus companheiros o que a raiva fazia comigo. Eu disse a eles: isso me embrutece. E, em vez de se espantarem, eles me incentivaram a dançar como o Diabluma.

Temos que dançar ao sol com nossos vícios e nossas virtudes, me disse o Julián. Todo mundo carrega seu mal nas costas e o dança. Cada um se move com o peso do seu.

A Adriana era indisciplinada, nunca dançou como devia. Nem o Julián eu vi exercitar o silêncio do Diabluma. Eles se concentraram apenas no físico. Saltavam de manhã, saltavam à noite. Eles se drogavam, mas só de vez em quando e com drogas naturais. Dançar não é só pular, eu lhes dizia, é saber emudecer. É uma forma do tempo da cabeça. Um Diabluma dança calado porque está excitado pelo sol, como os elétrons dos átomos que também dançam calados. Ele se excita e abandona a língua humana todinha. Uma parte do coração deve estar quieta para suportar essa mudez que faz tremer as pernas. Uma parte do coração em paz e a outra no fogo. Nem o Julián nem a Adriana abriam espaço para a calma, acho que por medo de pensar nos diabos deles. Eles iam acelerados, seus corpos cheiinhos de barulho. Eu, sim, pensava nos meus males porque não queria ficar sozinho: perdi muitos amigos por causa do meu gênio doentio, meus parças foram os únicos que ficaram. Eles me disseram: a gente vai para onde nossos manos vão, e ficaram. Eles tinham pena do meu lado pernicioso, mas a mim esse lado não comovia. Sem lhe dar um pouco de silêncio, ele tragava até meus olhos.

Certa manhã, encontrei chagras perto do acampamento. Vi-os passar e pensei: como é lindo um cavalo, porra! Quando você olha para um cavalo, se torna um fantasma e não está em nenhum canto. Os homens que montam cavalos deixam de ser homens. Juntam-se lombo a lombo com eles e não são mais homens. Nem são bestas: são outra coisa. Fiquei quieto e os vi ficarem pequenos até que soou o disparo. Soou fortíssimo: os cavalos levantavam as patas com o susto. Eu podia ter ido embora, só que minhas pernas não quiseram. Eu as vi se moverem para a frente. Primeiro devagar, depois muito rápido. Comecei a correr mesmo não querendo. Corri direto em direção aos chagras.

A poucos metros dali, um homem sangrava entre as pastagens.

Parei por instinto. Disse a mim mesmo: aff, esse man está bem morto. Perto do caído, um potro dava voltas e voltas com os olhos esbugalhados. Um dos chagras gritou: quatreiro filho da puta!, e disparou outra vez, à queima-roupa. Retrocedi devagar e fui embora por onde vim porque não queria nenhum problema. É isto que acontece com os ladrões de gado: recebem bala. Não sei se o morto estava morto de verdade. A gente perde a consciência por causa da dor, bem se sabe. Talvez estivesse só desmaiado. É como o negócio da caixa e do gato: se você não abrir a caixa, o homem está vivo e está morto. É por isso que é melhor não abri-la, eu disse a mim mesmo. Por isso é melhor deixá-la fechada.

Naquele dia, me empenhei em esquecer o morto. Eu me esqueci dele e fiquei pensando nos cavalos. Os que são livres correm quando querem, saltam quando querem. Levam apenas a si mesmos. Os domados são escravos. Tampouco nós somos livres. Se fôssemos, correríamos mais, saltaríamos mais. Você pode ser dócil porque apanha ou é acariciado, a questão é que ninguém quer ser dócil. Ninguém quer perder a liberdade. Perguntei ao yachak: como faço para domar meu diabo? E ele me respondeu: pergunte ao vulcão como é que ele dorme com esse fogo.

A gente perde a cara que nos é própria com a raiva, ela te deforma e te dá um rosto indigno. Essa outra cara é o vulcão. Esse outro baile é o problema.

Conhecemos a Noa durante a apresentação dos Xamás Elétricos. Estava muito frio e depois de ouvir as cantoras me despedi rapidinho do Julián. Disse-lhe que estava indo ao show, mas ele não quis vir. Não gostava da música dos Xamás, achava que era enganosa e exagerada. Eu também achava isso. Enchiam a boca com enganos, como a de que a música expulsava o malaire do pessoal. Mentiam, bem sei. Era a dança que limpava as pessoas do vento ruim. Era a dança que as exorcizava. Fui ao show e fiquei caladinho olhando para o pogo de fora. Uma dança com risco é esta: uma que se atreve a ser feia. Você transpira e sangra. Você dá socos e chutes. Você pula sobre os que pulam. Você se choca, mas com respeito. Você dá a mão a quem cai. Você o levanta e devolve à maré. O corpo se entrega vivinho à colisão. Você vai se machucar, só que não de propósito. Ninguém poga para fazer mal: ninguém no pogo é cruel. Falei para a Adriana tomar cuidado porque se formavam redemoinhos na frente do palco. Os corpos saíam disparados e voltavam a entrar na confusão. Duas ou três vezes fiquei olhando para cabelos, braços e pernas em uma bola gorda. A bola inchava, encolhia, inchava de novo. Você ouvia gritos de euforia purinha, gritos de emoção purinha. Muitos acreditam que é selvagem. Se me perguntam, eu digo que tudo que nasce neste mundo nasce com violência. Os pogos me fazem pensar nos asteroides colidindo com a Lua. Nos meteoritos. No sol que treme como um bumbo. Eu olhava para o vulcão e me lembrava dos vulcões em Marte. Assim na terra como no céu, dizem. Digo a mesma coisa do pogo: assim na terra como no céu.

No palco estavam os Xamás com o Poeta e uns Diablumas que sapateavam com força. Caiu um aguaceiro sem fim e o público ficou só dançando. As drogas os deixaram quentes: não sentiram o frio, nem a fome, nem o cansaço, só dançaram. Foi uma tempestade feroz, mas o páramo se deixou ouvir. Ele tremeu horrivelmente, e nós ficamos morrendo de medo. A montanha trovejou e tremelicou inteirinha com suas vicunhas e com suas alpacas. O terremoto durou muito tempo, ou assim me pareceu. Então um relâmpago nos alumbrou, e gritamos de alegria. Foi assustador ver o cume do tayta Chimborazo iluminado e sem estrelas. Um pedaço grandote de morto, pois. Então o Poeta tocou os longos cabelos dos Xamás e eles se sacudiram como se tivessem sido atingidos por raios. Vi que eles rasgaram seus violões e começaram a convulsionar. Usavam chifres de veado-de-cauda-branca na cabeça. Lá embaixo, a multidão continuava pogando despreocupada. Pogaram forte as pessoas, até que o pogo se descontrolou.

Foi assim: o público se abriu em duas metades, igualzinho ao Mar Vermelho. A parede da morte, chamam-lhe. Um dos Xamás partiu o mar com as mãos e em seguida as fechou. Se chocaram muito forte. Homens e mulheres foram pisoteados. Os que estavam nas margens fugiram ou tentaram fugir. Quando vi o sangue, me preocupei com a Adriana. É algo que te deixa preocupado, só que você não reage bem. As pessoas saíram chorando. Até os Xamás pararam de tocar. Até o Poeta e os Diablumas saíram do palco. Pensei: vai ser foda para encontrar a Adriana, mas a encontrei. Ela estava arrastando uma menina de cabelos azuis que estava meio que desmaiada. Ela a arrastava mal, quer dizer, penteando a terra com seu peso. Era uma visão bem feia e a menina nem se mexia. Tinha sangue na cabeça, mas só um arranhãozinho. Assim como com o quatreiro, eu disse a mim mesmo que ela estava bem morta, mas não. A menina tremia, a Adriana tremia. O sol vibrava como um bumbo pelo dia, e nós vibrávamos pela noite. Era o ritmo assustador da dança, seu ritmo temeroso.

Foi assim que conhecemos a Noa: a voz do raio, a voz da égua.

PAMELA

Eu sou grande, sou do tamanho de um homem. Às vezes eu andava descalça pelo festival e dizia a mim mesma: você é grande como um homem, mas linda, linda, e todo mundo olha para você e quer estar com você porque não há ninguém neste mundo, me escute bem, sua tonta, ninguém, ninguém, que não queira estar perto do belo, deixar-se vencer pelo belo, derrotar-se, humilhar-se aos pés do belo. Olhem para mim: sou castanha, quase ruiva, e sou gigante. Meu nome é Pam. Castanho-dourado é o meu cabelo, castanho mel de abelha ou pele de árvore, e meus olhos são cor de café e superclarinhos, tá ligado? Antes eu era ainda mais bonita, mas o que você faz se os anos passam e seu corpo muda para pior? Claro: ainda sou grande e estou ótima, por que mentir? Algumas coisas mudam e outras permanecem, e há uma ou outra que nunca deixará de ser certa, como a de que as pessoas sofrem e buscam a beleza, desejam e buscam a beleza, temem e buscam a beleza. Somos viciados em beleza e é complicado, olha só: eu era linda por causa de meu tamanho por fora e por causa de meu tamanho por dentro. Todos olhavam para mim e viam minha imensidão interior e na mesma hora se apaixonavam, ou pelo menos pensavam que estavam se apaixonando. Não é nem que eu me esforçasse, nem me limpava todos os dias, e isso que no Ruído eu às vezes andava descalça, e isso que eu trepava muito com Fabio quando os outros estavam dormindo ou quando estavam acordados. Os outros eram Noa e Nicole, Mario, Adriana e Julián, Pedro e Carla, embora primeiro fôssemos apenas Fabio e eu. A gente trepava e trepava e trepava e como era bom, ele gozava dentro e eu permitia porque estava grávida de um mês e meio e ele não ia me engravidar duas vezes, óbvio, eu estava super a salvo dessa palhaçada. Ninguém sabia, ninguém conhecia meu verdadeiro tamanho de homem, gigante, gigante, e eu gostava de ter um segredo e uma decisão a tomar. A criança não era de Fabio, era de outro man que não vem ao caso, mas eu tinha vontade de ir ao Ruído e esquecer o perigo das narcogangues e me divertir e deixar a decisão para depois. Fui grávida e nem dava para perceber, você tocava meu corpo e juro que não dava para perceber. Minha barriga ia virar um tambor com uma cabecinha pequena, uma cabecinha feita por mim e para mim, ou não, porque a coisa é que eu nem queria ser mãe, mas também me sentia especial, tá ligado?, uma caja ronca de carne e sangue fazendo sua própria cabecinha ou suas cabecinhas. Na minha família há gêmeos idênticos e fraternos e até trigêmeos e eles dizem que isso é genético, dizem que se herda como uma pinta na bunda ou a cor dos dentes, então pensei que talvez estivesse fazendo mais de uma cabeça dentro de mim e que, talvez, se eu deixasse minha barriga crescer, soaria como a caja ronca do Fabio. Transar com ele era uma delícia, eu estava grávida e uma questão como essa influencia o sexo, não tem jeito, tem que influenciar. Achava legal que minhe filhe me desse tanto prazer, mesmo sabendo que talvez eu abortasse. Elu sabia de tudo e eu lhe dizia sem medo: filhe, talvez eu te tire de mim, eu gosto de você, mas não te quero, e elu entendia, era inteligente como qualquer processo biológico, dava no mesmo se seguisse em frente ou fosse interrompido, se nascesse ou não. Elu era hormônios aumentando em meu corpo e um embrião. Às vezes eu o chamava de embriãozinho, às vezes elu, mas fazia isso em silêncio para que ninguém me ouvisse, só meu coração primitivo, porque é verdade que era assim que eu também dizia a elu às vezes: coraçãozinho primitivo, eu gosto de você full, o que acontece é que eu não te quero. O coração do embrião bate na semana seis e seus batimentos não são humanos, e sim velozes como os de um beija-flor. Eu estava superatenta, superconvencida de que sentiria suas pulsações no barulho do festival. Ninguém sabia de meu segredo, ninguém. Fabio e eu fazíamos nossos instrumentos: matávamos cabras, veados, cervos, ovelhas e os esfolávamos, limpávamos sua pele e a secávamos e entalhávamos a figura do animal no corpo do tambor. Esse entalhe era importante porque fazia com que o animal ficasse encerrado ali, ou pelo menos seu espírito, e era um gesto de respeito, de reconhecimento de que depois da morte vêm aqueles sons bestiais com que se faz música. Nós, sim, tragávamos a violência original dos instrumentos, não como outros que queriam tocar sem se manchar, sem olhar para a origem do som, que é o fantasma do próprio morto, e o que iriam saber aquelas mãozinhas limpas do coração primitivo sobre a música, o quê? Me doeu a primeira vez que tive de cortar a garganta de uma cabra, nunca se esquece daquela dor ou daquele medo, mas quando ouvi o som da minha tinya entendi que nem o sagrado nem o sobrenatural podem ser alcançados sem sacrifício. É doloroso fazer um tambor e tudo bem que seja assim: temos de dizer ao mundo que não há problema em sofrer e que, se não sofrêssemos, coisa alguma nos emocionaria, nem mesmo a música, e que tipo de vida de merda seria essa sem emoção, sem elevar o corpo... Eu te digo que vida seria: uma vida sem órgãos, uma vida morta. Noa e Nicole se juntaram a nós porque precisavam de um lugar para dormir, porque estavam curiosas e porque eu queria que elas ficassem. É verdade que foi Fabio quem as convidou, mas se eu tivesse dito que não, que não as queria na barraca, que caíssem fora, elas teriam de ir embora. A questão é que eu aceitei e começamos a fazer tudo juntas, até transar com Fabio nos dias que antecederam o pogo do inferno. Trepávamos e trepávamos entre nós e com ele e era muito bom, delicioso, só que se notava que Noa não gostava de mulheres e isso era uma tremenda brochada, aff, que brochante que uma menina goste tanto de homens, complicado. No início, ela te fazia acreditar que era uma garota dura como a Courtney Love, a Amy Winehouse, a PJ Harvey, mas na verdade ela era como as seguidoras do Charles Manson: uma garota manipulável com sérios daddy issues. Ela gostava de impressionar, ser amada, tanto que era desconfortável e opressivo, tanto que às vezes você ficava de saco cheio e tinha vontade de humilhá-la, ela quase te pedia gritando para maltratá-la porque um amor servil no fundo pede que você pise nele: um amor servil te põe no lugar do mestre e dessa maneira te agride, um amor servil é violento e nem sequer é amor, mas um desejo de te forçar a amar, um desejo de não te deixar alternativa. Um dia ela começou a me imitar porque viu que Fabio me escutava e ela só se preocupava em atrair homens parecidos com o pai dela. Que chatice, pelo amor de deus, atrair aquilo que é fácil, pequeno. Não tinha ideia de nada, coitada, mas queria saber e escutava e aprendia tentando digerir o mundo e se adaptar a ele como um camaleão, como um inseto que finge ser uma folha até virar folha e grudar na árvore, como um animal que muda de cor, de pele e de sexo. O problema é que ela fazia isso para se sentir parte de algo grande, não porque realmente se importava com a música, que para mim era tudo, tudo, por isso achei difícil aceitar o processo dela, mas no fim a idiota chamou a atenção do Poeta e o fez acreditar que seu disfarce era uma paixão, que tinha uma música sobrenatural dentro de si, quando sua única virtude era escutar minhas histórias e as do yachak e as das cantoras, digeri-las e transformar-se, mas não vou me adiantar, não vou me adiantar, porque essa história é longa e complexa. Ela queria que eu lhe contasse sobre minha visão da música e eu lhe contei que deixei de estudar no conservatório para manchar minhas mãos, para voltar ao sangue e às vísceras, à respiração que sai de um instrumento de verdade. Aprendi isso em uma viagem à selva anos atrás, onde tomei ayahuasca e o xamã-guia tocou um tambor de pele de macaco. Ele tocou muito bem, montou um feitiço rítmico, pam, pam, pam, como meu nome, e isso me fez chorar tanto que eu me desaguei e mudei para sempre. Os músicos do conservatório não sentem o morto do instrumento, mas um músico é um mago e sabe que um tambor abre portas, que modifica sua mente com vibrações, que desordena os sentidos e os reorganiza da maneira certa, da maneira pluridimensional, aquela que vai te fazer ver a revolução, de quê?, Noa me perguntou, bem, das emoções, respondi, obviamente: conhecemos tudo através do sentimento. Ela me pedia para dizer o que eu pensava sobre isso e aquilo, porque a escuta muda, a verdadeira escuta é uma transmutação, e naquela época eu pensava muito sobre o ouvido pré-terrestre de minhe filhe e o que elu estaria ouvindo, se é que elu ouvia alguma coisa, e também no som e em seu rosto espectral, em como ele te invade e te faz ver o que está oculto, e eu me lembro de Noa me perguntar se eu acreditava que uma voz poderia vir do passado e que eu disse a ela que quando escutamos tempestades, cantos de pássaros, rugidos de animais, escutamos o que soou por bilhões de anos na Terra e que esses são os sons do passado para mim, os fantasmas que estão no presente, mas que te fazem se sentir antediluviana ou lembrar o que você nem experimentou, incrível. Nicole nunca me perguntava nada, ela era diferente de Noa, mas seguia o fio de nossas conversas e quando chegava a hora ela pensava por si mesma, e isso importa, tá ligado?, porque pensar te liberta das visões dos outros. O ruim é que ela não sentia o chamado da música e não apreciava plenamente nem a poesia do Poeta, nem os experimentos dos Xamãs, nem os cantos das cantoras, nem a sabedoria do yachak, nem o Ruído em geral com todo o seu alvoroço e seu desdobramento sonoro. Estava sempre contida e tensa nos shows, fechada em si mesma, a não ser para ficar de olho em Noa, de quem jamais se separava. Na primeira noite ouvimos juntas o Poeta e nos jogamos no chão, enterramos as mãos na areia e sentimos a vibração da baleia imaginária de sua poesia, uma baleia do tamanho do oceano, e eu cantei suavemente para meu embrião, com voz rouca, como PJ Harvey: para te trazer meu amoooor, primeiro tranquila e depois gritando: tu brin yu mai loooof. Que canção mais besta, aff, eu nasci no deserto, e Noa me disse que ia visitar seu pai, que tinha ligado para ele e que ele lhe dera seu endereço, que ele morava perto do festival, na floresta alta, e eu perguntei por que ela queria ver um homem que a abandonou, um cara que ela não via fazia mais de dez anos nem conseguia reconhecer no meio do povo, e Noa me disse que não tinha certeza, claro, porque sua necessidade vinha do abandono, do desejo infantil que busca o amor dos demais. Para ela éramos todos pais, éramos todos o mestre de quem se exige o amor. Nicole também era um pai para Noa, mas elas se equilibravam: se amavam, era diferente. Havia algo de doentio na amizade delas. Sempre estavam juntas, e a beleza da amizade exige distância: se você se aproxima demais, você a contamina, esta é a contradição do desejo: se você o prende, você o sufoca. O amor é um pássaro rebelde, disse Bizet, mas Violeta Parra disse que só o amor com sua ciência nos torna tão inocentes, e Nicole acalmava Noa quando ela tinha pesadelos e se encarregava de que comesse e a vigiava como se estivesse prestes a se quebrar, e Noa dava boas-vindas a esse carinho guardião, o recebia ansiosamente, a tonta, e por causa dessa dependência ela acabava não se transformando no que deveria se tornar. Você tem de deixar que o que está vivo respire e deslize, mesmo que isso signifique que vá embora, não importa, o que vai é ainda mais bonito do que o que fica. Temos de aprender a amar o que se foi, deixarmo-nos despedaçar o coração pelo belo: é a única dor que vale a pena sofrer, a única que devemos proteger. Por isso, quando Fabio me confessou que me amava, eu o coloquei no lugar dele e lhe disse: não ame as pessoas, ame a música, o tempo todo a gente está matando um pouco quem a gente ama, mas você não pode matá-la, então a ame, eu lhe disse, ame-a e proteja a dor que vem com a beleza, proteja a distância. Noventa por cento das músicas são sobre amor ou sexo ou ambos, eu disse a Noa, e quanta violência há no canto de um pássaro que corteja outro, quanta! A música é isto: excitação como resistência à morte, e o estranho é que não há nada mais excitante do que a própria morte, a morte que é a origem da excitação. Algumas noites, Noa, Nicole e eu dormimos abraçadas na barraca, com meu coraçãozinho primitivo batendo lá embaixo, e eu sempre tirava Fabio do meio de nós: a gente transava com ele e depois eu falava para ele ir para o lugar dele, para cair fora, e essa era minha forma de fazer com que eles vissem quem estava realmente no comando, porque estávamos em um festival de homens, sim, mas um tambor é como o ventre de uma mulher grávida, e o que eles iam lá saber sobre o monstruoso, o bestial, o arcano, as canções que curam e enfermam, os cantos que despertam o terno e o horrível, como o das sereias: o canto que alimenta o desejo louco que temos de destruição. Noa e eu íamos aos shows juntas e pogávamos e soltávamos a energia que às vezes se transformava em raiva comunitária, em violência sagrada dirigida pela música, e ríamos e suávamos e gemíamos e era muito parecido com trepar, só que melhor. Chocávamos uma contra a outra e contra as pessoas e eu acariciava minha barriga e incentivava meu coraçãozinho primitivo a dançar, e Noa e eu saíamos ofegantes e eu recomendava que ela aprendesse a escutar essa percussão viva de ossos e músculos que nos transformava em uma enorme bateria humana, e ela escutava e se jogava com mais vontade nos pogos e os apreciava e de vez em quando até os iniciava. Ela puxava seus cabelos azuis bem para o alto, como um samurai, e se perdia com os olhos fechados entre as pessoas, superserena, superdisposta, mas eu mantinha os meus abertos porque preferia ver contra o que me batia: torsos grandes e maciços, pequenos e frágeis, costas macias e outras tão rígidas que doíam, e lá estava eu, no centro, telepaticamente pedindo a minhe filhe que se agarrasse firme a mim e à minha experiência, que suportasse os solavancos e quedas, que pogasse comigo. Então me lembrava da violência sagrada e do que ela gerava em nós, o público, porque no festival havia quem quebrasse e queimasse suas guitarras, suas tinyas e seus teclados perante os gritos inflamados do povo, sujeitos que na destruição atingiam o pico emocional e estético que é a música, acabando com tudo, até com o que a faz soar. Nicole me olhava estranho quando eu falava sobre essas coisas, mas eu não lhes dizia que tínhamos de morrer pela música, não, o que eu lhes dizia era que nascer e morrer eram a mesma coisa, a mesma coisa, por isso me emocionava sentir minhe filhe que jamais nasceria ou morreria, que simplesmente era um ritmo encarnado, noturno e cego, um girino no tanque das minhas entranhas. E, embora Noa acordasse à noite tapando os ouvidos como se doessem, a realidade é que durante o dia ela sempre queria saber sobre música, magia e rituais, e me perguntava sobre sons proibidos e eu lhe falava sobre o trítono, ou seja, o intervalo do diabo, um som sinistro que se evitou no canto eclesiástico medieval e que as cantoras cantavam muito bem. Muitos músicos o usaram em suas composições, eu disse a ela, o diabo é tudo que não é Deus, é tudo que agita o corpo: o blues, o canto llanero, o rock, o jazz, o yaraví, a bomba, a cúmbia, o reggaeton, a salsa, o descontrolado, o negro e o índio, o cholo, o que desperta a melodia subterrânea, ou seja, o sedicioso interior, o que se revolta, e devemos ouvir essa insurreição, eu disse a ela, eis aí a nova escuta que libertará nosso corpo do império da beleza, isto é, aquela que nos oferecerá um novo pensamento e uma nova sensibilidade. Tenho certeza de que Noa tinha pesadelos com sons obscuros porque os escutava nos cantos das cantoras quando elas aproximavam a voz do limite da capacidade humana. As três tinham cara de condor e diziam que suas canções não eram delas, mas dos mortos que as ditavam a elas: temos algo para vocês, os mortos sussurravam em seus ouvidos, algo que foi deixado de fora da morte. E eu acariciava minha barriga e animava meu coraçãozinho primitivo a escutar aqueles mortos melodiosos, porque como é maravilhoso que através da água nos cheguem vozes, pulsações, um canto de pássaro ou um grito, que o fantasma do exterior entre em nós, uma experiência inesquecível. É por isso que Noa queria parir o canto dos mortos como um novo membro, como um rabo de diabo, e para engendrá-lo ela se sentava ao lado do fogo enquanto as cantoras cantavam com risos, prantos, suspiros, gritos e ululações, e as pessoas bebiam, se drogavam e dançavam ou apenas as escutavam por horas como se hipnotizadas, às vezes sem dormir e sem comer, porque as cantoras pareciam três condores sustentando notas longas, juro, saltando de grave a agudo, imitando os sons de vários animais e instrumentos. Eu disse a Noa para ter cuidado com elas, lhe disse: as sereias eram seres alados e não seres marinhos, tá ligada?, mas ela não me ouviu, não. Então acabei perguntando se ela conhecia a história de "Song to the Siren", de Tim Buckley, uma das melhores músicas sobre o vínculo entre amor e morte que existe, e como ela disse não, decidi lhe contar. Por trás desse tema há uma história de paternidade ausente que pode te deixar triste, eu disse, você está pronta? Sim, ela respondeu. Bem, essa história é sobre um pai que abandona o filho, ou melhor, um roqueiro que abandona outro roqueiro. Tim tinha dezenove anos quando se separou da esposa grávida para se dedicar por completo à música. Sua carreira foi curta porque ele morreu de overdose, mas compôs álbuns tremendos, tremendos, cheios de dissonâncias e trítonos, de riscos experimentais que o tornaram um xamã eletrizante como Jim Morrison. Em um de seus álbuns ele incluiu "Song to the Siren", que conta a paixão de um homem pela voz de uma sereia, uma voz maravilhosa e abissal como a das cantoras, tá ligada?, uma voz que é apaixonante e destrutiva. "Song to the Siren" fala do momento exato em que escolhemos explorar o que sem dúvida nos levará ao nosso fim, e essa canção foi um presságio, uma canção de amor e um presságio, não apenas de Tim para Tim, que morreu afogado na música, mas de Tim para seu filho, Jeff Buckley, que também se tornou músico e que morreu jovem também, capturado pela voz de uma sereia antes de se perder no fundo de um rio marrom. Pai e filho morreram mal se conhecendo, viu, e é claro que toda história de amor é uma história de desamor, mas digo que acima de tudo é uma profecia de como esse amor vai acabar. Imagine: Jeff viu na imagem de seu pai morto um rei, um estranho, um filho da puta que o abandonou e um músico cuja voz e rosto eram muito parecidos com os dele. Ele não podia nem se olhar no espelho sem ter de ver o rosto de Tim porque eles eram idênticos, sim, duas cordas vibrando na mesma guitarra, e Jeff queria ser um roqueiro como ele, mas melhor, ou seja, vencê-lo tornando-se um artista mais importante e dar-lhe um golpe post mortem, um soco que o alcançaria no túmulo e lhe diria: você não me amava, mas olhe como agora todo o universo me ama, pai, veja como eu não preciso mais do seu amor. É por isso que Jeff começou sua carreira cantando algumas das músicas de seu falecido pai e deixou o público entre extasiado e apavorado com a reencarnação da voz de Tim na dele, embora o que as pessoas ouvissem não fosse nem a voz do pai nem do filho, mas a dos homens da família Buckley que, sem querer, cantavam lindamente geração após geração. Enfim, Elizabeth Fraser e Robin Guthrie gravaram um belo cover de "Song to the Siren", uma versão que entendeu que o canto é o que conjura o desejo de se entregar à água e o desejo de desejar a morte, e Jeff escutou Elizabeth e se apaixonou, é óbvio: ele atendeu ao chamado de uma voz que estava acima da escuridão e dentro dela, como as das cantoras. Ele ouviu a sereia, dizem, e um ano e meio depois foi nadar no rio Wolf cantando "Whole Lotta Love", do Led Zeppelin. Nadou calmamente às nove horas da noite em um rio imenso, imenso, com uma voz que era também a do pai, os mesmos olhos, a mesma covinha no queixo, os mesmos lábios... Jeff, que era Tim, entrou no rio e em algum momento sua cabeça afundou para se render à profecia da canção. E qual é essa profecia?, Noa me perguntou, e eu respondi: aquela que diz que, gostemos ou não, parecemos com nossos pais. Eu contei isso para Noa antes do show dos Xamãs Elétricos, antes da eguada infernal, e ela chorou e eu chorei pensando em como seria bonito se afogar em música, sim, porque ali onde as palavras temem, o canto se eleva, e o belo que mata tem uma voz que vem do futuro. A questão é que Noa me ouviu atentamente e me disse algo que até agora não esqueci: eu gostaria que meu pai tivesse me escrito uma música com a qual eu aprendesse a amar a morte, ela me disse, e com isso a pentelha acertou em cheio porque, quando nos abandonam, é a música que nos consola, é a música que nos faz sentir que há algo que vale a pena na dor: o desfrute do amanhã, o prazer potencializado pela ausência e pela falta. Tim não deixou ao filho uma canção, mas seu destino, eu disse a ela: um pai é um profeta que guarda um segredo que ele próprio ignora e nós nos rebelamos contra sua profecia, mas há quem nunca, nunca se rebele, há quem abrace os presságios do pai e os cumpra. Você quer ir procurar a profecia de seu pai e não deveria, eu disse a Noa, me ouça: você vai se matar.

PEDRO

A terra está cheia de lua. Para ver fragmentos do céu não é necessário levantar a cabeça, porque sob nossos pés há toneladas de matéria cósmica, de protoplanetas, de diamantes extraterrestres. Eu tinha o costume de coletar pedras e meteoritos no páramo e esculpir neles para pedir que me contassem sobre o universo. É difícil fazer uma pedra falar, contar o tempo que ela guarda e seus sons, mas eu ficava feliz em observar sua superfície por horas e tirar dela uma imagem. Essa imagem era geralmente uma nota musical, então eu escutava com atenção seu som e o fazia brotar da dureza. Eu esculpia nela com uma faca, levava dias e noites e, quando estava pronta, me encarregava de enterrá-la. Era importante que minhas pedras dormissem no fundo da terra, que soassem alto na escuridão. Elas cantam melhor nas sombras, eu dizia quando Carla me perguntava por que eu me desfazia delas. Eu não esculpia nelas para mim, mas para entregá-las descobertas de medo. Gostava de fazer isso, tal como a tecnocúmbia espacial que tocávamos no Ruído e que as pessoas dançavam de olhos fechados, como se sonhassem. Cada pedra de páramo sabia entoar sua nota em voz alta. Eu as escutava gritar à noite e depois lhes dava a forma da nota que cantavam (dó era jaguatirica, mi era urubu, ré era lagartixa), depois as enterrava. Segundo Carla, isso era artístico, moldar e enterrar, ouvir vozes saindo do que não se mexe. Carla as chamava de "esculturas subterrâneas" porque tinha veia de poeta. Para mim eram um passatempo, mais uma forma de admirar o imóvel.

No páramo, a terra tremia, e nas pastagens caíam meteoritos e relâmpagos. Eu me afastava para recolher minhas pedras nas encostas do tayta Chimborazo e, se eu visse um meteoro à noite, fazia cálculos para ir procurar a rocha no deserto. Algo me atraía para as pedras, gostava de tocá-las e escutar suas vozes gritando para a lua. Falei sobre isso com o yachak e ele me disse que "contemplar" vinha de "templo" e que "templo" era o lugar onde os olhos atendiam. Por isso, segundo ele, para os que leem o voo das aves, o céu é um templo.

Carla gostava do que podia ser visto através de um telescópio. Nosso dueto chamava-se Hanan Pacha e fazíamos tecnocúmbia espacial com computadores, sintetizadores e sons retirados do site oficial da Nasa, como terremotos em Marte ou auroras de Júpiter. Também usávamos ritmos de sanjuanitos, yaravíes e pasillos, embora em menor medida, até a Grande Erupção. Naquele ano, o ano da erupção do tayta, Carla foi sozinha ao Ruído. Dois vizinhos nossos tinham sido metralhados em um confronto entre gangues pelo território de venda de drogas. Eu não quis ir ao funeral e ela me disse que ia procurar os desaparecidos. Fiquei na costa, onde o mar encrespava. No noticiário vi que havia mais de mil pessoas mortas pela erupção, não só do festival, mas das comunidades que viviam perto do Chimborazo e que resistiam contra a mineração. Poucos corpos foram recuperados, mas em homenagem às vítimas fizeram um cemitério alto e frio junto ao dos montanhistas, um jardim de lápides a uma altitude de mais de quatro mil metros. Subi àquele lugar para ouvir a voz na lápide de Carla, colei o ouvido no nome dela e só ouvi o vento. O tayta se tornou preto e o que restava de sua neve desapareceu. Apesar dos anos, os meteoritos caem e atingem o deserto vulcânico, mas parei de recolher pedras quando ela morreu. O céu ainda me chama, o problema é que não sei responder. Não sei o que fazer com sua imensidão.

É curioso o que você lembra, porque não escolhe. Carla costumava me falar sobre mundos que emitiam zumbidos de acordo com sua posição em relação ao sol, sobre ritornelos galácticos e buracos negros. Devorava revistas de ciência e aprendia de cor artigos que afirmavam que tudo era feito de sons. Cada movimento microscópico é uma vibração de cordas, dizia, uma música que está soando há milhões de anos. Lia muito, como se estivesse procurando algo. Ela inventava danças para a nossa tecnocúmbia espacial, que às vezes também chamávamos de "tecnocúmbia extraterrestre", e me falava sobre nebulosas em forma de cabeça de bruxa ou sobre como o ouro era o produto da morte de estrelas. Com dados como esses, mesclávamos instrumentos eletrônicos, sonificações do universo e ritmos sequenciados. Música tradicional e moderna, popular e astronômica. Música para se mover e sentir-se menos sozinho na gigantesca solidão sideral. Dançávamos e fazíamos as pessoas cantarem junto conosco "A cerva plutoniana" ou "Doce meteorito índio". Éramos autodidatas, não sabíamos tocar instrumentos. Compúnhamos melodias de ouvido em computadores velhos e cantávamos mal, mas fazíamos isso por atrevimento quando Carla escrevia letras de amor, de astros ou de harmonias alojadas em cometas. Estávamos apenas procurando nos entreter. O que soava bem ficava, o que soava mal ia embora.

Conhecemos Noa ouvindo os sonhos do yachak. Ele reunia as pessoas em um círculo para contar em voz alta sobre seus desdobramentos noturnos. Dizia que, quando estava dormindo, se transformava em urso e falava com as feras. Também tocava tambor e cantava de boca fechada.

O raio anuncia o nascimento do xamã, ele nos disse: há yachaks que choram e sonham no ventre materno, yachaks que saem de suas mães à noite e escalam as montanhas onde a lua treme.

As pessoas o escutavam e lhe pediam curas para o assombro, para os pesadelos e terrores noturnos. Às vezes ele interpretava sonhos alheios, então Carla e eu íamos vê-lo, porque de tanto andar juntos sonhávamos a mesma coisa: um sonho de pedra e estrelas, ruínas que brotavam e um lugar onde se amarra o sol. Nós lhe falamos sobre isso e ele nos bateu levemente na cabeça para que o ar em nossos pulmões crescesse com o voo de mil pássaros. O som das asas foi ensurdecedor, mas ao meu lado não havia pássaros, e sim pessoas.

    Noa costumava sentar-se com Nicole no centro do círculo. A primeira vez que a vi, ela chorou ouvindo o yachak falar das sombras daqueles que dormem com o coração revirado. A dor expulsa a sombra do corpo, disse o xamã, nos separa do que somos. Faz-nos dormir mal. Ela tinha olheiras e seus membros estavam machucados pelos pogos. Compartilhou com o círculo que em seus sonhos escutava estrondos como trovões, sismos ou erupções.

    Upalla uyay, o xamã lhe disse, uma nova voz está nascendo em você.

    Havia pessoas que sofriam de paralisia e visões, outras de pesadelos que se repetiam e que não conseguiam decifrar. Nos últimos anos, todos tiveram mortos próximos por causa da guerra entre as diferentes facções de Los Choneros. Nas cidades, tiroteios e bandos criminais eram o pão de cada dia e os corpos apareciam enforcados, decapitados ou esquartejados. Às vezes falava-se disso no círculo do yachak, mas nem sempre. Ele nos assegurava que poderíamos abrir os olhos no centro de nossos medos, que sonhar era sobreviver à morte do adormecido.

    O sonhador, ele nos disse, pula como um peixe fora da noite.

    Imaginávamos estar em uma cabeça gigante que olhava para si mesma. A ideia nos assustava, mas para nos acalmar pensávamos no som que deu início a tudo, na explosão da qual ainda há sinais no espaço.

A voz de Deus fez a luz, dizia Carla. Krishna toca a flauta mágica, Shiva o tambor do relógio de areia, Wiracocha fala e surgem as estrelas.

Juntos, mesclamos as ondas gravitacionais do Big Bang em um tecno-yaraví intitulado "Pranto fóssil", e isso nos deu vertigem, como se tivéssemos encontrado as mãos vermelhas de um paleoíndio na parte mais escura de uma caverna. Nós o pusemos no Ruído e o pessoal dançou e levantou a cabeça para o alto, na direção das rochas do céu.

*Tudo era escuro no cosmos
o espaço cheio de elétrons
que não deixavam passar a luz
até que os elétrons se uniram aos prótons
e o espaço se tornou transparente
e a luz correu
e o universo se iniciou
como no oratório de Haydn.*

A letra era um fragmento de um poema de Ernesto Cardenal. Leio os poemas favoritos de Carla com sua voz em minha cabeça, como se estivesse limpando seu túmulo. É uma forma de me aproximar dela, a única que tenho além do sonho.

Uma vez perguntei ao yachak se uma voz podia matar alguém de medo, e ele me respondeu que sim. Naquela noite, sonhei que estava andando sob a lua e que meus pensamentos cresciam com ela. Caminhando para longe, vi uma caverna branca que na verdade era meu próprio crânio e entrei. Havia pinturas quase invisíveis na escuridão. Logo entendi que minha cabeça estava dentro de uma montanha e que o tempo era aquela escuridão dura que não me permitia ver. Uma voz ao fundo desse tempo me disse: há pedras que impedem os cães de ladrar, pedras que protegem de visões monstruosas, pedras cuja brancura muda com a lua. Há sonhos de pedra e cabeças de caverna. Há constelações rupestres. Esse sonho continua vivo e me escapa, nem mesmo o yachak pôde me dizer algo além do que eu já sabia: que o selvagem necessita do selvagem e que o profundo necessita do profundo.

Adormecidos, os mortos nos tocam, ele disse certa manhã, olhando para Noa como se ela estivesse doente.

Sentou-se à sua frente, pôs o crânio do urso de lado e apontou para o peito dela. Os dois respiraram juntos até que ela começou a tremer: seus olhos embranqueceram e seu corpo ficou tenso. Pensei que estava fingindo, mas o yachak recuou quando as veias brotaram azuis em seu rosto e pescoço. Ignoro o que ouvi saindo da boca de Noa, mas não foi uma voz humana. Soltou uma mescla entre bramido e relincho cantado, um som que parecia vir de um mundo anterior aos olhos. Ficamos assustados, mas Carla perguntou se ela estava bem e pegou na mão dela. Noa suava muito, Nicole estava pálida. Oferecemos-lhes água e as acompanhamos para fora do círculo.

Sonhando eu não consigo ver nada, ela nos disse depois, eu só ouço o negro, que é parecido com a morte.

Então lhe contei sobre meu sonho, não o que eu tinha com Carla, mas o meu próprio, e falei que talvez ela não visse imagens porque estava na caverna de sua cabeça escutando o tempo.

As cavernas soam mais alto onde a luz não chega, eu disse a ela.

Acabamos conversando com elas e seus amigos perto da barraca que compartilhavam. Mario, Adriana, Julián e Pam dançaram nosso "Pranto fóssil" e Fabio cantou a famosa frase de Humboldt: "Os equatorianos dormem tranquilos no meio de vulcões crocantes e se alegram com música triste". Eu me alegrava com os yaravíes e dormia profundamente até o amanhecer. Nem os terremotos me despertavam, nem o ronco das crateras. Foi um dia animado: Carla acariciou as costas de Noa e os outros saltaram em volta dos tambores. Ficamos juntos no festival a partir daquele momento, embora eu continuasse a enterrar minhas pedras sozinho, procurando suas notas em meio ao silêncio.

Lembro-me de uma noite em que Noa, Pam e Adriana voltaram feridas de um pogo. Nicole lhes deu uma olhada torta quando elas voltaram, Fabio tocou o tambor e Julián começou a discutir com Adriana, como era seu costume. O resto de nós ficou conversando e bebendo no estômago da barraca. Naqueles dias, Noa ainda falava e nos contou algo que lhe aconteceu quando criança, com seu pai. Disse que os dois estavam passeando pela floresta de Tixán quando encontraram uma égua morta com um tiro no pescoço. Era branca e grande, disse. Ela puxou a mão do pai para que fossem embora, mas ele ficou olhando para a égua sem se mexer. Ela teve medo, não por causa do cadáver, mas porque o pai não lhe respondia e estava com um rosto diferente. Havia outro senhor em seu rosto, disse. Ela o viu se ajoelhar e cair sobre a égua para chorar por ela. No fim do que lhe pareceu uma eternidade, ele a abraçou com os braços estendidos pelo esforço de tentar cercá-la, e Noa pensou que viu o animal se movendo sob o peso de seu pai. Havia outro homem em seu rosto, repetiu, e outro corpo em seu corpo. Um homem que ignorava seus chamados, que sofria.

Foi isso que aconteceu, disse ela no fim. Um mês depois ele saiu de casa e eu nunca mais o vi.

Sabe onde ele vive?, perguntou Mario.

Sim.

Ele sabe que você vai vê-lo?

Sim.

Pam disse a Noa que a dor dos pais era o que teríamos de levar para nós: o sofrimento dos pais é contagiante, disse a ela, você esteve perto do seu e agora está doente.

Um dia encontrei um fragmento de meteorito que tinha a forma da Ilha Júpiter. Horas depois o enfiei na boca e foi como proteger uma montanha sob o céu da boca. A montanha era fria, tinha gosto de grama e sol. Cantou em minha saliva algo sobre a Constelação da Lhama e as patas da raposa-vermelha. Quando a cantei para Carla, ela me beijou no nariz e disse que me amava. A montanha nos torna humildes, mesmo aquela que você pode enfiar na boca. O amor nos torna humildes. Caminhei o máximo que pude durante o festival: atravessei a floresta de polylepis até as dunas de cinzas vulcânicas, descansei aos pés do sagrado quishuar, a árvore solitária do tayta que cresce no meio do páramo. Subi até o Ouvido do Chimborazo, uma caverna elevada em forma de orelha onde se ouve a passagem do vento. Toquei a pedra e a senti palpitar em minhas mãos como um relógio. A escuridão de uma caverna se assemelha à do espaço, e é por isso que os primeiros mapas que fizemos das constelações estão nas cavernas. Quando subi ao Ouvido, lembrei-me disso e de que contemplar vem de templo, de que um sonho de pedra é um sonho de estrela e de que cada caverna é diferente, como são os sonhos de um urso e de uma lagartixa. Que há pedras redondas que são tão grandes quanto planetas. Que a música está no ponto cego, na origem do vibratório.

Esse canto que você ouve nas pedras está em você, Carla me dizia antes de nos deitarmos, só que elas tiram-no de dentro de você.

Uma pedra não pergunta sobre sua condição de pedra, mesmo que ame outra pedra; eu, ao contrário, me perguntei por minha condição de apaixonado por Carla em frente ao vulcão. Eu a levei ao Ouvido de Chimborazo e ela chorou de alegria ali comigo. Quantas vezes devemos ter chorado nas cavernas onde nos protegemos da noite e das feras. São centenas de prantos nos templos do tempo, centenas de anos de assombro e temor. Meu desejo é que o Ouvido conserve o pranto feliz de Carla, porque não há nada mais frágil do que um pranto feliz. As pedras que guardam água, sementes e insetos em seu interior me dão essa esperança.

Nossos sonhos se tornaram frequentes depois que nos juntamos ao grupo de Noa. A mesma coisa aconteceu com todos. Assim que o sol nascia, tomávamos chá de São Pedro, dançávamos e cantávamos para as estrelas como se elas pudessem nos ouvir. Sonhávamos por causa da música, do vento, das drogas, da presença do vulcão e dos animais, mas o sonho de Noa era diferente. Ela sonhava longe: era sombra e pedra. Ela se agitava com a lua, e as horas lhe pesavam.

Uma noite, ela começou a andar para trás durante o sono, primeiro em círculos, depois em zigue-zagues do lado de fora da barraca. Acordei Carla e observamos sua marcha equina criada pelo sonho. Tivemos medo de seus passos, do vento que levantava as rochas e empurrava as montanhas. Então Nicole a tirou do transe e a levou consigo.

Qualquer um pode adoecer de sonhos mágicos, de sonhos da grande cabeça universal ou das sombras dos mortos. As galáxias e os neurônios brilham no escuro, mas é perigoso dormir atormentado nas trevas.

Tudo começou com os sonhos, mais tarde chegou a eguada.

CANTORAS

O condor apaixonado

Grande pai criador do universo, mãe-terra, mãe-água, vento-mãe, vertente-mãe, estrela-mãe, sol-pai, planeta-mãe, nossa montanha-pai, nossa montanha-mãe, lagoa-mãe nossa, páramo-pai. Ao ritmo das estrelas-pai e das estrelas-mãe eu canto. Canto alto e espanto o esquecimento. Canto alto e a cordilheira incha. Ouçam minha voz: um fiozinho de ar beijando a neve. Sou o condor-mãe e o condor-pai. A voz condor, o canto condor. Conto e canto histórias de amor e vulcões. Os vulcões contam histórias de amor, ah, eles têm vozes ardentes. Uma linda warmi passeava lá embaixo e voando eu a vi: cabelo de raposa ela tinha, olhos de estrela ela tinha. Eu me apaixonei por uma warmi, ah, isso no alto não se pode fazer. Sou o condor negro, o kuntur dos picos e dos penhascos. Caço a morte, devoro coelhos. Antes, eu era um ser sem voz, agora ardo e nasce de mim uma música. Ardo, ardo, por dentro no coração alto, ardo. Cantar é entrar na noite triste do peito. Os pulmões rezam ao sol, pedem luz fresca para molhar a grama, luz morna para dourar as pastagens, luz brilhante para limpar os ossos, luz, luz vermelha sobre o lombo dos cervos. Ouçam, runas do vale verde, meu canto: levo comigo a morte. Voo sozinho nas altas montanhas sem minha warmi. Negro sou, sereia sou. Voo sozinho sobre o branco alto cantando: assim se faz mais doce o chorar. Por uma linda warmi me apaixonei: braços de asas ela tinha, boca de chuva ela tinha. Um condor não pode amar uma mulher, isso lá em cima não se pode. Me nasceu uma voz, eu amei e me nasceu uma música. Os animais se afogam em meu canto, eu carrego a morte comigo, ah, eu carrego a morte comigo. Negro sou, sereia sou. Minha voz é tripa e vértebra, as criaturas fogem. Sobem colinas verdes, descem ravinas onde o velho Supay dança. Longe de mim eles se vão, longe de mim para beber do gelo. Os vulcões choram, choram, e eu canto uma música bela que abre a terra, uma música bela que afoga o monte. O canto é um animal aéreo, ah, o canto é um animal de vento. Negro sou, sereia sou, e meu canto diz: eu sou o belo do solitário, eu sou o belo do ferido. Cantando se faz mais doce o chorar. Antes, eu não tinha voz e era do céu e da montanha, do vento e da neve. Quando eu não tinha voz, o céu tinha, a montanha tinha. Mas do amor me nasceu uma voz terrível, uma voz quebrada onde o velho Supay dança. A música do fundo do vale morde o vento por minha warmi. Condor apaixonado sou, kuntur selvagem e negro da noite. As vicunhas se afogam no meu canto, os lobos com minha voz se despenham. Cantar é um encantamento, mas antes eu tinha o céu, eu tinha a névoa. Agora eu canto e a montanha não olha para mim, o céu e o vulcão não olham para mim. Eu queria que minha warmi me amasse, e me nasceu uma voz quebrada, uma voz de morte. Cantar é encantar, ah, cantar é encantar. Os animais ardem pelo trovão, o trovão é a voz da tempestade. Antes, eu era uno com as árvores de quishuar, uno com o páramo dourado e com a alta pedra, mas me nasceu uma voz. Ah, uma voz é solidão, uma voz é uma ferida. Os vulcões contam histórias de amor, suas vozes são ardentes. Doído de amor eu estava, apaixonado estava. Desci até os pés morenos de minha warmi e a raptei. Carreguei seu corpo lindo entre minhas garras. Gritou, gritou, ah, chorou, chorou, mas eu silenciei seu medo com meu canto. Negro sou, condor mau apaixonado. O amor é uma música violenta, gritam os vulcões, é uma música que queima a ravina onde caem os animais. Minha warmi chorou e eu a levei embora. Chorou e eu enfiei meu bico no sexo dela. É feroz o amor de um condor. Bebi as lágrimas da minha warmi, comi dela. Uma voz nova e celestial me nasceu por causa da dor. O que é a voz? A perda é. O que é a voz? A falta é. O que é a voz? O abandono é. O que é a voz? A tristeza é. Agora levo os animais para a ravina e os afogo com a pena da minha warmi. Condor negro sou, kuntur frio que carrega o trovão.

NICOLE

Na noite da eguada chovia e os animais estavam inquietos. Nós os ouvimos de longe, assustados com os relâmpagos que iluminavam o vulcão, mas a escuridão fora do acampamento era impenetrável. Como sempre, as pessoas queriam continuar a festa sob o aguaceiro, em meio ao vento que nos impelia, por isso um grupo de rock teatral subiu ao palco. O cantor estava vestido de Kulta Tukushka e balançou a cabeça de veado com tanta força que parecia ele mesmo um animal com medo da tempestade. Apesar do som dos relâmpagos, ouviam-se os relinchos. Tentei deter Noa, mas ela não quis ficar e foi com Pam e Adriana pogar na chuva. O páramo estava barulhento e eu tinha a impressão de que o pico nevado caminhava em nossa direção para pisar em nós. Mario me acompanhou e juntos assistimos à festa de dentro da barraca.

Não vai acontecer nada com ela, Mario me disse para me acalmar, e eu fiquei irritada por ele ter conseguido ler minha angústia.

Eu estava preocupada que Noa se machucasse de novo em um pogo, que se recolhesse e se perdesse na noite outra vez. Ela estava se comportando de forma estranha fazia dias, como se não estivesse presente em nenhum momento, exceto quando dormia e seus pesadelos a forçavam a me abraçar. No passado, ela nunca tinha tido episódios de sonambulismo, mas desde que chegáramos à montanha ela se levantava com os olhos em branco e caminhava de costas para o exterior, mancando e escavando a terra com os pés descalços. A primeira vez que a vi andar assim, quis bater nela. Me assustou que ela entrasse na negrura como um morto ou uma criança dançando adormecida, que seu corpo se movesse de forma diferente, como se fosse uma pessoa que eu jamais tivesse conhecido.

Participamos das reuniões organizadas pelo yachak porque Noa queria respostas para seus pesadelos. Estava pálida e cheia de olheiras, além de machucada pelos pogos, em que gostava de entrar. Entendi logo que ela tinha soroche, um wayra mau, e disse-lhe: é o mal de altitude, mas ela confiava nas palavras do yachak e em seu crânio de urso para se curar. Ele lhe dizia que sonhar era rondar de vale em vale, de floresta em floresta, de cume em cume, e que os sonhos se conectavam com o futuro e com o que antecedeu o nascimento da espécie. Seu discurso enganava Noa e muitos que se sentavam para escutá-lo, mas não a mim. Eu me perguntava o que um verdadeiro yachak estava fazendo em um festival de música experimental e não gostava da resposta que me vinha à mente. Suas palavras eram belas e assustadoras, como as do Poeta quando subia ao palco, e faziam as pessoas verem suas próprias emoções e doenças de forma irracional. Para ele, os pesadelos nunca eram apenas pesadelos, mas visões, portas perigosas e ao mesmo tempo atraentes que se conectavam a um conhecimento proibido. Ele conversava com Noa sobre coisas difíceis, sussurrando, enquanto pegava sua cabeça e passava um preá sobre seu peito.

Você que a conhece bem, Carla me perguntou no círculo do yachak, você acha que ela está assim por causa do pai?

Noa esperou até o segundo dia do festival para me contar o que planejava fazer. Quando o Ruído acabasse, íamos a Llucud, à floresta montanhosa de Leonán, e visitaríamos seu pai. Confessou-me que tinha entrado em contato com ele meses antes e lhe disse que precisava vê-lo, que depois de tantos anos ele devia pelo menos um encontro a ela, uma oportunidade de falar cara a cara sobre quem sabe quais assuntos. Ele demorou para responder, mas no fim lhe deu instruções sobre como chegar à sua chácara, não muito longe de onde nós duas estávamos.

Não sei por que você quer vê-lo se o melhor presente que ele te deu foi abandoná-la, eu disse.

Era difícil para mim entender por que ela queria estreitar laços com alguém que não queria saber dela. O amor não se reclama, o desamor não se questiona, eu disse a ela. Seu pai te deixou e essa é a verdade. Mas, apesar do abandono, Noa queria conhecê-lo, relacionar-se com ele como todos nos relacionamos com as coisas deste mundo para as quais somos indiferentes. É natural sentir curiosidade pelo que havia antes de nascermos, por aquilo que não pode nos responder e ainda assim fazemos perguntas até o dia em que morremos. Também é natural querer nos sentir nascidos do desejo entre duas pessoas, paridos da brevidade. Noa caminhava dormindo de costas, dançava esbarrando nos outros e dizia o que só fazia sentido para ela porque procurava o impossível: um corpo que abrigou um desejo extinto. É normal querer saber mais sobre o que nos fez estar aqui, o anômalo é acreditar que isso tem algo a nos dizer sobre nossos problemas.

Certa manhã, enquanto passeávamos com Mario, ela comentou como se fosse para si mesma: este páramo tem vozes antigas, e quando fomos dormir ela me sussurrou tão baixinho que eu tive de colar meu ouvido à sua boca: como você sabe que o que você ouve ao longe existe? A partir daí ela falou pouco, e nossas caminhadas se alongaram, embora às vezes ela soltasse pensamentos dirigidos ao vulcão, palavras que eu não reconhecia como nada que ela já tivesse dito antes.

Tenho um sonhar velho que soa na minha cabeça, dizia.

Sempre havíamos sido comunicativas, mas naqueles dias senti Noa distante. Doeu-me saber que não estávamos tão unidas como eu pensava, que nunca ninguém está tão próximo de outra pessoa a ponto de ver em seu íntimo. Lembro-me de que fiquei arisca, esperando algum tipo de reação, algum tipo de aproximação que nos irmanasse de novo. Com minha rejeição, eu dizia a ela: me deixe entrar, me conte o que tem de errado com você, me fale o que te machuca, vamos compartilhar nossa solidão, olha bem para mim, sua tristeza é minha tristeza e seu medo é meu medo, somos amigas, você empurrou minha mãe para que ela parasse de me bater e eu te abracei todas as madrugadas de sonhos ruins, viemos aqui juntas e juntas deveríamos ir embora. Mas ela só falava com o yachak e seu crânio de urso, o resto do tempo ela se mantinha abstraída ou murmurando ideias estranhas sobre sonhos e sons passados.

Ouço trovões que já aconteceram, ela disse no dia do caos da eguada. Ouço a terra em chamas.

À noite, quando Noa caminhava ao contrário na direção do vulcão, os outros a observavam com um misto de perturbação e interesse. Aquela caminhada sonolenta que se elevava e encolhia, que parecia uma possessão ou um transe fantasmagórico, enchia-os de respeito pela terra que ocupavam. Afinal, segundo eles, era a terra que trazia o wayra doente, que elevava o corpo de Noa e o retorcia até extrair dele uma coreografia escondida. Ter pesadelos no Ruído era comum: o cansaço, a altitude, a música e as drogas nos faziam sentir o páramo como um deus falando nos rastros dos cervos, um deus que era animal e montanha e que tinha uma linguagem de cantos e assobios, de erupções e desabamentos. Um deus que entrava em sua cabeça para te fazer ver o que estava por trás da névoa.

Em meus sonhos estou cega, dizia Noa. Cega como antes de nascer.

Ninguém no festival ouvia sons dentro do corpo, ninguém nas noites de sua mente ouvia o que Noa dizia ouvir. No entanto, as pessoas fechavam os olhos para a música e as tempestades, sacudiam os cabelos até o delírio, agitavam as mãos, os pés, o peito e a pélvis impulsionados por uma emoção única. Nem o frio, nem o vento, nem o nevoeiro, nem os repentinos dias de sol podiam detê-los. Ali a escuta era um ato religioso, um exercício que expunha o corpo a uma revelação fingida.

Há músicas que podem fazer você matar alguém, Pam me disse na primeira vez que dormimos com ela. Há ritmos que surgem de visões que outros tiveram há muito tempo.

Durante anos, Noa e eu ficamos perto das canções e abrimos nossos ouvidos para os rugidos do céu e da terra, para o escândalo das catástrofes, mas no festival isso mudou. Noa continuou apaixonada pelas melodias e pelos cantos, pela dança e pelos trovões, e eu odiei cada ritmo que me convidava a participar de uma festa na qual eu não queria estar. Apenas os sons do páramo me pareciam puros, embora eles também me assustassem. O sibilo do ar penteando as pastagens era inóspito, mas a música do Ruído conversava com o wayra e com a tuta, fazia os sentimentos ancorarem e os ampliava a ponto de doer. É por isso que na noite da eguada eu me escondi na barraca e disse a Mario: este lugar é ruim para Noa. E ele me respondeu: isso você não tem como saber.

Às vezes, Mario comparava a dança à vertigem diante de uma queda iminente. Um dançarino, dizia, prolonga o momento de cair em seu próprio desejo. Pam utilizava outras palavras para falar sobre música, mas no fundo acabava dizendo a mesma coisa: que o sonoro nos levava a nos lançar a um lugar perigoso e latente, que o ritmo abria a terra e fazia os demônios saírem. Eu preferia ignorar sua tagarelice, mas era capaz de sentir sua febre e seu desejo de arrancar um segredo da cordilheira.

Você não pode ficar indiferente à música, Pam me disse. Ou você a ama ou a odeia.

Então decidi odiá-la: odiei a música que fazia Noa dançar se chocando com outros corpos. Odiei as músicas que a mergulhavam no silêncio e as que voltavam seus olhos para o interior de si mesma, afastando-a de mim. Odiei os sons belos e desagradáveis, aqueles que os outros diziam chamar espíritos e deuses disfarçados de feras. O ouvido é uma porta para o que não é deste mundo, dizia o yachak elevando seu crânio de urso enquanto as pessoas se jogavam no chão, e eu o odiei também. Odiei a obediência a que algumas músicas me sujeitavam, fugi daquela desordem que enfeitiçava as pessoas. Eu não queria ser obediente: não queria ser caçada e me converter em presa do invisível. No fundo do nevoeiro, a noite caía e, no fundo da noite, caímos nós, fracos, cantando e dançando em torno do que não podíamos ver: um fogaréu escuro como a origem, um ardor do qual o vulcão nascia. As vozes, os rondadores, as queixadas de burro, os violinos eram aquela escuridão criadora que me fez fechar os olhos e retroceder.

Odiei o que a música podia me dizer.

Tive medo de meu interior.

Durante a tempestade trazida pela eguada, fiquei vigilante. As pessoas dançavam com os trovões e rosnados das feras quando um raio horizontal iluminou o páramo com sua brancura. Demorou um pouco para que o trovão fosse ouvido, mas todos pararam à espera do barulho. Foi o mais longo silêncio que a tuta nos deixou. Então veio o estrondo e foi como se o céu penetrasse em minha cabeça com sua imensidão ameaçadora. Vi o espanto no rosto das pessoas ao meu redor, escutei gritos desesperados de pessoas e animais. A força da explosão me devolveu ao meu esqueleto e eu o senti tremer como uma criança invadida por sons desconhecidos. Foi nesse momento que os ouvimos relinchar: não um, nem dois, nem três, mas dezenas de cavalos se aproximando.

Cascos rompendo a terra molhada. Galopes.

Nem tivemos tempo de pensar.

Eguada, eguada, eguada!, gritaram as cantoras, e até seus gritos soaram como cantos.

Lembro-me de sair da barraca com Mario e de um enorme animal que cruzava à nossa frente em uma velocidade incrível. Seus músculos eram sombrios e seus saltos o faziam parecer um monstro impulsionado pela água e pelo vento. Depois dele vieram outros, não sei quantos, batendo nas pessoas e relinchando apavorados, cruzando o assentamento do festival.

Lembro-me de lombos e patas longas, crinas flutuantes, olhos aterrorizados pela noite elétrica.

A investida foi caótica: várias pessoas ficaram feridas, embora nenhuma com gravidade. Era a segunda vez em pouco tempo que a dança se tornava perigosa, a segunda vez que eu me mantinha a uma distância prudente do arrebatamento que fazia com que as pessoas se comportassem de forma estranha e selvagem. A eguada nos atravessou e, quando os cavalos voltaram a se fundir na névoa, olhei para minhas mãos deformadas de medo. Tínhamos sido atacados pelo que estava escondido na montanha: dentes e crinas que tragavam os relâmpagos.

Naquela madrugada, Noa sussurrou em meu ouvido: os raios trazem uma voz nova. E me lembrei do sabor das cinzas do Sangay e das palavras do yachak sobre o nascimento dos xamãs: a gente é yachak por herança, por enfermidade ou por tragédia, ele nos disse. Uma vez um raio matou uma mulher e outro raio a reanimou. Ela foi yachak e ficou louca, mas yachak foi.

Quando o sol saiu, apareceram seis chagras perguntando pela eguada. Disseram que os cavalos pertenciam à Fazenda La Victoria, perto do assentamento, embora em nossas caminhadas nem Noa, nem Mario, nem eu a tivéssemos visto. Estavam especialmente preocupados com uma égua chamada Fantasma, que havia sido atingida por um raio alguns meses antes.

Ela é branquinha como um lençol e cega de um olho, nos disse um deles.

Depois esclareceram que o raio não a atingira, mas caíra em duas potrancas com quem ela dividia um curral. Suas companheiras morreram no ato, mas Fantasma sobreviveu.

Ela estava sozinha ao lado das éguas mortas, nos contou outro. Não deixava que a tocassem, e seu olhinho esquerdo diminuiu, ficou branco, branco, e com aquele olho ela não consegue mais enxergar.

Dizem que quando um animal é atingido por um raio, sua pelagem cai. Imaginei Fantasma em pânico ao lado de dois cadáveres sem pelos, incapaz de entender o que é uma tempestade, mas capaz de sentir a chuva gelada e os alaridos da atmosfera. Terror é escutar e não entender, sentir o perigo sem saber o que é o perigo. Sua história me comoveu e me fez pensar em como Noa estava sensível àquele ambiente. Foi ela quem pediu a Mario que a levasse à fazenda para conhecer Fantasma, talvez por acreditar que tinha algo em comum com a égua ou porque precisava ver um sentido tanto na paisagem quanto em seus seres vivos.

Duas noites antes, Noa havia nos contado uma história que nem eu conhecia. Ela contou que, quando criança, viu o pai abraçar uma égua morta durante horas. Eles estavam em uma floresta e ela teve de esperá-lo sentada em uma pedra.

É horrível ver seu pai chorar quando você acha que seu amor é suficiente para fazê-lo feliz, ela nos disse, mas é muito pior vê-lo chorar em cima de um animal morto que começa a cheirar mal.

Me incomodou que ela tivesse contado isso para os outros, como se tivesse com eles a mesma relação que tinha comigo. Pensava que havíamos contado tudo uma à outra, que sabíamos o que era importante, mas Noa não me contou sobre a lembrança de seu pai prostrado, ao lado dela, até aquela noite. Ela disse que, quando o sol começou a se pôr, a floresta ficou amarela, depois vermelha e depois azul, e que ela começou a gritar porque ele não lhe respondia e estava muito frio. Noa disse que ficou assustada, que a noite chegou com uma tempestade e que mesmo assim seu pai não reagiu. Ela o empurrou, chutou, bateu nele, o que nunca tinha feito antes, e, apesar de estar ao seu lado, ele a deixou sozinha com os raios e a água.

Ouço trovões que soam como meus pesadelos, disse ela ao yachak, e ele fechou os olhos antes de dizer: ñawpa pachapi.

Adiante está o ontem, atrás está o amanhã, disse o yachak. Ao sonhar, caminhamos para a origem e retrocedemos para o futuro.

Era difícil para mim decifrar as conversas de Noa com o xamã, no entanto eu intuía nela uma emoção que se encarnava no território. O páramo era um coração nu onde os animais pastavam e comiam uns aos outros, mas não um coração qualquer, e sim o de Noa. Eu tinha medo de pisar nele e machucá-lo com meu peso, então caminhava suavemente por suas elevações e vales tentando descobrir a maneira de quebrar o feitiço.

Dar sentido aos sentimentos envolve um risco: cuidado com os cavalos, com as danças e com as músicas, dizia um electrojahuay de Carla e Pedro que me lembrou Fantasma e o raio que a atingiu. De acordo com o yachak, os raios ofertavam dons para aqueles que sobreviviam a eles. Talvez Noa olhasse para o vulcão e sonhasse com relâmpagos nos pulmões, com uma visão futura que era, na verdade, a recordação de seu pai escondido na floresta de Tixán.

Maluca, você tem que comer alguma coisa, eu disse a ela um dia, com o sol tremendo em meus ombros.

Ñawpa pachapi, respondeu. Você acha que meu pai vai ficar feliz em me ver?

Você quer que ele fique feliz?

Não.

Entender é pressagiar. O problema é que eu não entendia as palavras de Noa, nem as do yachak, nem as das cantoras, nem as do Poeta, nem as do pessoal do Ruído. Ora porque buscavam se apropriar de experiências que não eram suas, ora porque falavam de sentimentos que eu preferia ignorar. Para eles, o futuro estava no céu e em suas luzes, mas também na música que bagunçava o interior de Noa e extraía uma dor tão antiga como seus sonhos: a do primeiro abandono, aquela que, não importa o tempo, continua a acontecer de novo e de novo. Eu não tinha me dado conta de quanto a coisa do pai dela a afetava, agora sei que o que mais nos fere são as ideias que temos das pessoas. O que dói é o intangível: o que imaginamos amar e odiar em nossas horas de maior desamparo. Só o sentido acalma esse tipo de dor, mas o sentido é uma mentira que contamos a nós mesmos enquanto terremotos e erupções destroem nossa casa.

Antes de partir, Noa disse à mãe que não suportava a fraqueza de seu amor. É isso que o abandono traz: o medo de que o amor não seja forte, mas fraco.

Vimos um filhote de lhama sangrando entre as pastagens do Chimborazo. Não conseguimos salvá-lo, mas contamos a Pam e ela tocou uma música em homenagem ao animalzinho.

A música faz presente o ausente, disse-nos, ressuscita os mortos, chama os que não estão.

Naquela tarde, chorei escutando um dos cantos das cantoras, um canto sobre um condor cuja voz nasceu depois de ferir quem mais amava. A vida nos pede que aceitemos o sinistro: a conversão de uma chuquiraga em esqueleto ou de uma pedra em beija-flor. Algumas mudanças são insuportáveis, mas a música as ilumina. O Poeta falava disso em seu poema de baleias que cantam nos Andes. Ele recitava junto com guitarristas, percussionistas e tocadores de quena, meio cantando, meio rezando, e ao seu lado os instrumentos soavam como vozes saindo do gelo. Lembro-me das visões coletivas, do estado de delírio produzido pela repetição do poema e de meu desejo de voltar ao litoral apesar das cinzas, das enchentes e dos assassinatos nas ruas. No dia em que Noa e eu saímos de Guayaquil, apareceram duas pessoas desmembradas e um enforcado em nosso bairro, mas eu queria voltar porque pelo menos lá a terra me falava de coisas familiares, por mais terríveis que fossem.

Suponho que no fundo, como Noa, eu me sentia abandonada nas alturas, desprotegida nas profundezas de meu ser.

Certa noite, Adriana trouxe o Poeta para nossa barraca. Ele tinha vinte e cinco anos, era puruhá e havia sido estudante de antropologia em Quito. Sua voz era suave, muito diferente da andrógina que ele utilizava para recitar no palco. Nunca pensei que ele pudesse ser tímido, mas era até o momento em que começava a beber, então suas pupilas se dilatavam e outra pessoa ocupava seu lugar: um sujeito eloquente e fogoso em seus argumentos, capaz de animar as conversas e fazer qualquer um se sentir interessante. Todos gostavam dele, menos eu, que sabia a rapidez com que esse tipo de personalidade passa da diversão à violência. Eu podia vê-lo em seus gestos e em seus meios-sorrisos. É preciso ser filha de um alcoólatra para reconhecer a malvadez assomando pela boca de quem bebe sem parar.

Quando o puruhá canta, ele chora, explicou o Poeta a Pam no meio de uma conversa sobre o jahuay, o canto da colheita. É um grito sonâmbulo e libertador, disse: aqui se chora e se canta pela história e pela vida, que nada mais é do que o amor lutando contra a morte.

Ele falava espanhol e quíchua do centro, embora conosco às vezes decidisse combinar as duas línguas. Como antropólogo, interessava-se por etnomusicologia, então Carla e Pedro lhe puseram a versão eletrônica de um velho jahuay, uma mistura que, além de cantos, incluía tenebrosos sons do sol. O Poeta gostou muito e começou a divagar sobre música, poesia e xamanismo. Ele disse que, assim como um xamã era chamado pela natureza e adquiria seus poderes depois de superar uma crise psicológica, um cantor respondia a um chamado natural, interno e obscuro.

Esse chamado é rítmico, ele nos disse, é o ritmo da pacha, a música do espaço-tempo que exige uma mutação.

Para ele, os cantores eram espeleólogos que traziam à luz a forma oculta e epifânica do mundo. Não sei se Noa começara a acreditar nessas coisas, o que sei é que ela estava instalada no mito e que via significados que eu mal conseguia entender.

    Meus panas e eu escalaremos o vulcão El Altar quando o Ruído acabar, vocês vêm?, perguntou o Poeta. Naquela noite fumei muito porque Noa não falava comigo e se recusava a comer, mas me lembro da proposta: viajar do Chimborazo para El Altar e sua cratera cheia de água para celebrar o Inti Raymi. Seu plano era seguir para o leste, direto para o caminho de trilhas, andar por nove horas e fazer a dança do Diabluma na Laguna Amarilla. O grupo adorou a ideia e eu mergulhei numa viagem ruim. Senti minhas pernas ficarem bambas. Vi os objetos se duplicarem, os eventos se repetirem duas, três, quatro vezes. Temi a retomada dos acontecimentos como se a vida fosse o refrão de uma música que era longa demais, e, enquanto tentava sair de meu próprio labirinto temporal, presenciei Noa tocar a cabeça das pessoas como se estivesse lhes passando um poder. Pam foi a primeira a cair no chão, fingindo ter sido atingida por um raio. Fabio fez o mesmo.

    A avoante chora, os curiquingues choram, disse o Poeta também caindo: eles vêm brigar em cima da casa, dizer que a morte está próxima.

    Comecei a tremer porque vi isso acontecer várias vezes: vi Noa acariciar cabeças e aquelas cabeças fingirem ser eletrocutadas pelo poder de sua mão. Ouvi Mario repetir o que já havia dito, Adriana fazer os mesmos movimentos.

    Quando cheira a esperma queimado, é a morte que está perto!, gritou o Poeta em loop.

    Eu tinha certeza de que poderia morrer a qualquer momento, de que talvez eu já estivesse morrendo e de que essa morte aconteceria comigo mais de uma vez.

    Estou cega, disse Noa enquanto pegava minha cabeça com as duas mãos: estou cega de raio.

    E seu olho esquerdo se transformou em lua.

MARIO

As ravinas são lugares de medo onde o Supay vive. Os espíritos fazem festa à noite nas ravinas. Cantam, dançam, tocam instrumentos de sopro. Instrumentos de wayra. O ar enfermiço sai da música e golpeia as pedras, como se sabe. Ele entra nos corpos e cria mal de espanto. Isso é o que os yachaks chamam de medo profundo que afugenta a sombra. A Noa tinha aquele susto nos ossos, o ritmo assustador do sangue que busca o sangue. Aqui o espanto é uma enfermidade como o soroche. Pergunta-se onde a sombra caiu para ir buscá-la, só que nem todos podem fazer isso: só os yachaks sabem como. Eles põem as coisas de volta no lugar delas, é assim que é.

Segundo o yachak, o mal-estar da Noa era muito profundo. Era preciso ser sábio e ter mente forte para curá-lo. Está sugestionada, pensamos. Está inspirada. Inspirada pelo ruído, pela música e pelas histórias, portanto. Por causa do vulcão e do frio do páramo. Pela névoa cor de leite de lhama. Pelos altos condores. Prestamos pouquinha atenção a isso porque tínhamos a dança do Diabluma na cabeça. Não nos importávamos se ela acordasse torta: adormecidinha e andando para trás ela ia, arranhando o chão com os cascos em direção ao tayta. A cabeça derrubada sobre as costas, a boca aberta para a névoa entrar, assim ia a Noa. Ela começou a fazer isso uma noite e depois todas, sem falta.

Achamos linda a dança dela. Linda e assustadora.

Às vezes, chamava o pai em sonhos: eu a ouvi uma noite e senti muita pena dela. É triste chamar o que não responde. Triste e insano. Nem mesmo o yachak conseguiu curar aquele grande buraco que criava seu mal de espanto. Nada nem ninguém pode curar uma dor tão real.

As cantoras disseram: se você canta, é porque precisa. Sem necessidade, uma música pode ser divertida, mas não poderosa. Para cantar poderosamente, você tem que se deixar magoar.

Elas eram da mesma opinião que o yachak: que uma voz estava nascendo na Noa.

É muito cansativo, disseram, é como parir o morto e trazê-lo de volta à vida.

Contavam que cada voz era única. Igualzinha à impressão digital. Igualzinha à íris. Cantavam para a Noa, diziam que para curá-la. As cantoras eram de Otavalo, só que elas sabiam de qualquer canto humano e não humano. Falavam de sons glóticos. De harmônicos, tremolos e subtons. De anents. De ícaros. Tiravam sonecas de voz. Cantavam em buracos negros que cavavam na terra. Diziam que do instinto brotava o timbre. Faziam sons estranhos como kusui, kusui, sss, sss, tserere, tserere.

Inalavam. Exalavam: tserere, tserere.

A Noa passava as tardes ouvindo-as e em seguidinha emudecia. Levantava-se de madrugada e se contorcia. Ela se batia com suas próprias tranças azuis e gemia.

O movimento secreto da cabeça é lindo, dizem. Feio também, difícil de suportar. A Adriana imitava a dança sonâmbula da Noa. Com sua samarra e seu chicote, dançava de costas para o tayta, contorcendo o pescoço e as vértebras. Se pusesse a máscara dos doze chifres, eu lhe dizia: o Diabluma tem um rosto na frente e outro atrás, como a consciência. Só um diabo pode espantar outro diabo, é por isso que o Diabluma vai com seu látego afugentando os demônios. A dança transforma sua alma em puro tempo de montanha. Algo primordial e amaldiçoado floresce em você.

Eu sou cabeça de diabo, falei para a Adriana. Cabeça de diabo cheia de montanha.

Uma noite, o Julián e eu vimos a Noa se arquear em direção ao Chimborazo. Vimos como ela se revolveu em seu saco de dormir e bufou. Então ela se acalmou e nós dois ficamos conversando baixinho. O vento estava arisco àquela hora, impelia com força o tecido da barraca. Fazia frio. Falamos do êxtase do dançarino. Minha intenção não era deixar o Julián triste, mas lhe disse: o arrebatamento é sair de si mesmo para se unir aos outros, e ele me disse que não tinha ideia de como se conectar com o mundo. Sentia-se perdido. Dançar nem dava mais satisfação a ele, a gente não dança para se satisfazer, eu lhe disse: a gente dança para fazer alguma coisa com o próprio mal. O Julián sempre andava irritado, exceto quando chorava. E quase nunca chorava, só que, depois de passar dias no páramo, a pele fica fininha. Você fica exposto, abandonado diante do colossal. A música e a dança trazem à tona a parte mais suave das suas emoções, aquela mastigada pelos demônios. Eu o encorajei a subir o tayta e deixar de lado sua dor, mas ele não conseguiu ir além do Templo Machay. Andava angustiado por causa da sua irmã, que atravessara sozinha o Darién, aquela trilha infernal da selva onde matam os migrantes. Um ano se passara sem notícias da irmã do Julián. Acho que era por isso que ele fazia o papel de pai e cuidava da Adriana.

É preciso chorar muito para alcançar o sol, cantavam as cantoras: os vulcões são os dutos lacrimais da terra.

Cantavam que o Chimborazo chorava havia anos, que estava ficando sem neve. A luz queima até o gelo, e eu não me esqueço. Quando você dança, tem de tomar cuidado com a luz que te chama a chorar.

Outra noite, comentamos de celebrar o Inti Raymi no Kapak Urku. Sim, respondemos ao Poeta: El Altar é o waka, é o Apu no qual se acende o fogo da festa do solstício. Um vulcão muito alto é El Altar, embora menorzinho que o Chimborazo. Sua caldeira está cheiinha de água de degelo. Chegar a essa lagoa é muito complexo, é só você sozinho com a natureza, por isso a Adriana e o Julián queriam dançar lá em cima. Eu também queria, mas isso aconteceu depois. Primeiro estávamos no festival passando o tempo nos shows e nas barracas com os amigos da Noa.

Bebemos e dançamos. Tocamos e cantamos. Qualquer música nos fazia chorar, só que eram lágrimas para suportar o medo dos terremotos e das tempestades.

Com a Pamela nós conversávamos sobre dança e música, mas com a Noa e a Nicole eu ia caminhar para longe. Andávamos os três quietos pelas pastagens, escutando o vento golpeador. Eu punha a máscara do Diabluma para dançar ao som do tayta e elas se sentavam para me olhar. Eu saltava contra o vento. Golpeava o wayra com meu chicote para fazê-lo correr com força. A Nicole não estava interessada na minha dança de diabo solar, eu podia ver que a intimidava. Dizem que sentir muito é arriscado, só que estar a salvo não é viver. Estar a salvo é estar morto.

Eu disse à Noa: não se envergonhe do medo que arranca sua sombra com um safanão. É assustador enfrentar o próprio diabo, ser quem você não quer ser na frente dos outros, saber por que nos abandonam. A rejeição é assustadora, mas nos obriga a ser humildes.

A Noa ouvia caladinha os cantos das cantoras e caminhava dormindo de um jeito assustador. Tinha patas de potrinho: patas trêmulas na noite andina. Adoecer de susto era indesejável, só que medo é a única coisa que se sente estando tão perto do sol. Medo e frio, é assim. Perto do sol ficam os nevoeiros e as madrugadas mais escuras. Ficam a montanha e o gelo. Eu ouvi as grandes montanhas rangerem, os vulcões assobiarem. Ganha-se medo ouvindo a beleza. Ouvindo a morte, então.

O yachak dizia que uma emoção poderia fazer alguém perder sua sombra. A mesma coisa aconteceu com a Noa por causa do medo de ter que ir ver seu pai, mas não prestamos atenção nela até a noite dos cavalos.

Choveu muito naquela noite. Sabe-se que o ar entrou em nós como uma tempestade. Caíram raios e um foi mais assustador que o outro. Cavalos correram pelo assentamento apavorados com a tempestade: cavalos machos, cavalos fêmeas. Quem sabe de onde vinham? Quem sabe se queriam nos machucar ou se estavam apenas apavorados? As pessoas estavam dançando no show, quero dizer, quando nos atacaram sem querer. Foi assim: as pessoas dançavam e logo depois não. Aquilo foi um pogo animal, um pogo bestial. A manada empurrou alguns para o chão e outros correram desviando dos cavalos. As barracas voaram, mas nada mais aconteceu. Não vi sangue, apenas pura água e desespero. A eguada passou por nós e ficamos tremendo e reclamando. Voltamos a montar nossas barracas. Nos protegemos do aguaceiro sem fim. A escuridão era uma ameaça, mas a festa acabou por causa do pânico que os animais nos infligiram. Não dormimos nem conversamos: ouvimos galopes-fantasmas, vimos cavalos no relâmpago. Temíamos ser pisados se fechássemos os olhos. A água entrou na barraca e nos aquecemos ficando juntos, tão próximos que o frio se tornou pequenininho.

Escutei a Nicole dizer à Noa: o que você está procurando no seu pai não existe. E pensei: um pai é como o tayta ou o próprio Inti. É o que não pode ser alcançado, então qual é o ponto?

De manhã, alguns chagras vieram e nos disseram que os cavalos eram deles. Tinham escapado da fazenda por causa da tempestade. Têm ouvidos sensíveis, disseram, pulam por qualquer coisa. Eles estavam especialmente preocupados com uma égua de olho cego que quase fora atingida por um raio, uma eguinha caolha.

Dois dias depois, a Noa me pediu para ir com ela procurar a fazenda daqueles chagras. Quero saber se encontraram a égua que sobreviveu ao raio, ela me disse, e eu fui com ela por tédio. Eu nem sabia onde ficava a fazenda, embora tivesse alguma intuição por causa das minhas longas caminhadas. Não me importava com o animal, estava pensando no sol e na dança. Na terra e no Diabluma. Na beleza que é triste porque carrega amargura e gemidos. Minha cabeça endiabrada pensava nisso, mas a Noa compartilhava com a égua sua doença.

As duas ouviram o trovão. O céu tirou a sombra das duas.

Fomos ver a eguinha. Por curiosidade, disse a mim mesmo. Por tédio. Encontramos a fazenda a cerca de uma hora do acampamento. Um homem albino trabalhava nos currais, um chimbito nascido do vulcão. As cantoras falavam que os albinos nasciam de mulheres emprenhadas pela montanha coberta de neve. Diziam que se uma mulher dormisse ou urinasse no seu sopé, o tayta lhes fazia uns filhos muito brancos. Nos aproximamos do chimbito e perguntamos se ele nos deixaria conhecer a égua elétrica. Dissemos a ele: somos do festival, e ele nos devolveu um olhar cheio de desconfiança. O que estávamos fazendo trazendo o Ruído para o páramo?, ele reclamou. Por que incomodávamos os animais e os fazíamos chiar? Estava irritado, mas apontou o dedo para a égua no último curral da fazenda. Agradecemos e caminhamos rápido.

Só não toquem na égua porque ela morde, alertou.

A fuga de um animal é chamada de "a espantada". Acho que o susto profundo da Noa era igualzinho àquele: acho que a sombra é uma besta que foge do corpo diante do temor. Se você me perguntar, tanto a égua quanto a Noa necessitavam de uma cura de espanto. Eu as vi se olharem cara a cara durante muito tempo. Branquíssimo era o animal, branquíssimo seu olho cego queimado pelo raio. Pálido e venoso, ele observava Noa e ela o observava. Fiquei surpreso com isso, porque era impossível. Tive medo da imobilidade da égua, do negrume espesso do seu olho bom. Fiquei calado, mas dizendo a mim mesmo que era estranha a forma como a Noa olhava para a mal-encarada. Olhava para ela como se ela mesma tivesse um olho só, com a pálpebra esquerda caída e a pupila louca. Espantadas estavam as duas, pois ceguinhas de um olho as duas.

Você está bem?, perguntei, mas ela nem me respondeu.

Tinha a cara da égua na sua, não sei nem contar. Seu nariz me pareceu longo, seus dentes grandes. Um olho ficou branco, o esquerdo. O outro ficou opaco. Suas narinas se abriram muito. Vi a égua parecer com a Noa e a Noa parecer com a égua até que o animal bufou e, de novo, elas estavam diferentes. Pálidas estavam, caolhas também. O horizonte era pura nuvem. Aí eu escutei um relincho humano, só não sabia qual das duas o soltou.

Um som não natural dá razões ocultas, isso se sabe.

Caminhando de volta para o festival, a Noa pegou minha mão, só que eu a afastei. Não tínhamos intimidade e achei desconfortável. Me pareceu desumano, como a pata daquela égua condenada. Nós dois íamos abraçados aos nossos próprios diabos, e o meu estava pensando no que tinha visto e ouvido. Se tinha sido uma invenção ou uma realidade. Na voz estrangulada da Noa. Na escuridão de antes e depois do relâmpago.

Caminhamos em silêncio até que ela me perguntou se eu me achava capaz de amar com força. Do nada ela me fez aquela pergunta estranha e eu me forcei a dizer que sim. Nem tive tempo de pensar, mas foi a resposta fácil para uma cabeça de diabo queimada de sol.

Disse a ela: eu compreendo esse amor maligno que impulsiona todas as coisas boas. E ela sorriu torto para mim.

Não me disse mais nada, só que de repente eu me vi meditando no universo todinho que se toca e se funde. A dança solar ama com força, pensei: pinta as plantas, pinta as raposas. Só que as raposas comem as plantas e a terra come as raposas. Só que o sol incendeia a terra e a terra traga os homens. Não há amor forte sem seu lado torcido, é assim que é. Deseja-se o eterno, e o que temos é a dança: um momentinho contaminado pelo bom e pelo malicioso, um segundinho para nos reunirmos com aqueles que se movem como nós.

Disse a ela: ama-se com força o que vai morrer, é algo que se sabe. A gente dança para que nosso amor não seja fraco diante da morte.

Quando cheguei ao Ruído, bebi três puntas e me entreguei ao tayta. Caí de joelhos e bêbado implorei para que ele me arrancasse a solidão. O resto de nós dançava ao som de música levanta-defuntos, mas nas montanhas eu andava sozinho, sem poder amar com força. Isto me assustou: jamais amar com a força da ira em mim. Então uma mão segurou meu rosto, e eu vi o yachak me olhando de pertinho no meio da festa. Senti minha língua virar gelo-seco. Até que ele pôs a máscara do Diabluma em mim e minha língua queimou.

Senti um fogo imenso na boca. Eu tinha duas faces: uma de vento, outra de montanha. Nada na natureza é humilde, nada é gentil. Com a máscara, vi o longo diabo da montanha atravessar meu peito.

Sou Diabluma, pensei, salto alegre nas ravinas elevadas. Tenho cores e doze chifres. Sopro forte e me torno criança.

Não estou mentindo: meu corpo de homem jovem de repente teve os olhos da infância. O mundo inteiro me causou espanto. Fiquei impressionado com as vozes, com as estrelas. Eu me maravilhei e, mais que tudo, desejei dançar no meio das balas, mas perto de mim não vi meus amigos. A Adriana não estava lá, o Julián não estava lá. Minha língua pesou como um bloco gigante de neve. Tentei contar para o yachak e ele apertou minha cabeça e pediu para eu não fugir.

Ele disse: segure-se firme, espírito-guia, e ordene o universo.

Naquele momento, lembrei-me dos que desapareceram do festival. Mais de cinquenta, diziam, que habitavam em cavernas, florestas montanhosas e vales perdidos pela mão de Deus. Ninguém sabia o motivo, apenas que eles estavam entre nós porque sempre voltavam ao Ruído, ou assim diziam. Contavam que calados iam escolhendo novas pessoas apenas para convencê-los e levá-los ao fundo da cordilheira para cantar. Que fugiam da morte, mesmo que estivessem indo em direção a ela. Que cantavam e dançavam para expulsar o medo. Pensei neles enquanto me sentia uma criança endiabrada e disse a mim mesmo: os desaparecidos são a verdadeira espantada. Uma espantada de humanos, então, que fogem de tanta tragédia em busca de música. Pessoas que arrancam visões dos seus sonhos, igualzinho aos paleoíndios.

Uma paisagem é chama de dia e puma de noite. Se a terra trovejou de madrugada, juro que eu nem senti.

PAMELA

Como naqueles dias eu não fazia nada além de pensar em meu coraçãozinho primitivo, em minhe filhe flutuante recebendo as vibrações do mundo, e, enquanto Noa continuava me pedindo para lhe contar histórias de música, sereias e profecias, eu lhe contei sobre todas aquelas cantoras cujas vozes soaram como pulsos e manadas e que levaram o canto em seus ossos, em seus sonhos e no coração: a divina e primitiva forma da música. Falei-lhe de Nina Simone, a xamã que limpava o mal com seu canto, a suma sacerdotisa do jazz que tragava mortos e estrelas e que fez seu último show em 1999. Dizem que o que se viveu naquela noite foi único, contei-lhe, um evento místico, quase uma encarnação. De quê?, perguntou Noa. Bem, do poder absoluto, respondi, e dizem que o público presenciou essa metamorfose, ou seja, a de Nina abandonando sua dor, sua deterioração mental, para se tornar uma deusa através de uma voz sobre-humana como as das cantoras que soltavam criaturas de ar pela boca, imitavam pássaros e o rugido das feras e levavam o corpo ao limiar do som. Noa adorava que eu lhe falasse de músicos que se transformavam na hora de cantar porque ela mesma estava se preparando para isso, e eu lhe falei de Nina, é claro; e de Chavela Vargas, que era chamada de Xamã e Vulcão, e como ela se despedaçava cantando crua e visceralmente, vestida de homem, fazendo do sofrimento um lar para todos nós que sofremos; e de Nick Cave, que se tornava um sumo sacerdote estendendo do palco sua mão ao público para levá-los ao lado poético da música. Também lhe falei de Johnny Cash, que um dia gravou com Nick Cave uma versão em duas partes de "I'm So Lonesome I Could Cry", e de como Nick o viu entrar no estúdio destruído e envelhecido, irreconhecível, nada a ver com o Johnny dos shows, mas assim que começou a cantar o espírito da música o possuiu e o converteu em um homem vivo e brilhante, com uma voz que comoveu Nick e o fez chorar como um bebê. Noa queria escutar essas histórias porque estava obcecada com o que uma voz era capaz de fazer a um corpo, e é por isso que ela estava tão interessada nas histórias das cantoras sobre as cabeças das Umas, que cantavam quando se separavam do pescoço, ou sobre a cabeça de Orfeu, que cantou quando foi jogada no rio, ou sobre os instrumentos musicais, que também cantavam, diziam, especialmente aqueles feitos de partes de corpos humanos, como a quena. A quena foi inventada pelo deus do vento, cantaram: Wayra se apaixonou por uma virgem do sol, mas ela morreu, ai!, e Wayra roubou seu fêmur para tirar dele uma voz: soprou, soprou e soprou, e tirou uma voz do osso. Os instrumentos não soam: cantam, e a origem do canto é a dos corpos partidos que desejam voltar a se unir. Lameque pendurou o corpo de seu filho em uma árvore e, com o tempo, apenas o tórax e uma perna permaneceram, e esse foi o primeiro alaúde. Uma mulher matou toda a sua família para que o diabo lhe desse um instrumento para fazer alguém se apaixonar, e esse foi o primeiro violino. Um griô sacrificou sua irmã ao lago, e o lago lhe deu o corá. Os instrumentos cantam com as vozes dos mortos, diziam as cantoras, todos os desmembrados soltam seus cantos em nossas vozes. No festival, um grupo cantou um trap de Jojairo, e alguns se ofenderam porque a música exaltava o tráfico de drogas e armas, que era do que estávamos fugindo, e falava de assassinatos e do senhor dos céus e dos fuzis e dos Tiguerones, e isso, sim, que ninguém suportou.

Mais traperos compuseram corridos de guerra depois que mataram Jojairo e foram assassinados também, a questão é que o povo do Ruído estava superassustado, superfodido, e eles não queriam ouvir músicas que fizessem uma epopeia da vida dos narcos, e sim canções que sublimassem a violência que estávamos vivendo e refundassem o mundo, isto é, o canto dos mortos, não o dos assassinos. Noa seguia esse canto com os pesadelos que a faziam caminhar sonâmbula como uma médium, mas nem sempre foi assim, não: quando a conheci ela estava comendo e dormindo, foi depois que ela começou a se comportar de forma estranha e a passar o tempo com as cantoras. Nicole se preocupava em vê-la quieta, sem comer ou beber, e eu pensei que era uma tática para chamar nossa atenção, mas na realidade ela estava permitindo que a música lhe dissesse algo importante sobre si mesma, ela estava se deixando transformar no que a música queria que ela fosse. Lembro que, depois da eguada, a encontrei na chuva, ainda no caos do assentamento, vendo as cantoras cantarem alto apesar dos relâmpagos e apesar da escuridão, apesar das pessoas que ajudavam os outros a recompor as barracas e a acalmar os feridos, e meu grande tamanho e eu fomos até ela e a arrebatamos do encantamento das vozes ardentes das cantoras, e é claro que Noa reclamou que eu a tirei de sua fascinação: é claro que o que você ama pode e vai te matar. A questão é que ela imediatamente me abraçou e me perguntou se eu sabia qual era a diferença entre o canto de um vivo e o canto de um morto, e eu disse que não, porque quem poderia realmente saber algo assim, e talvez fosse porque estivemos muito perto da morte naquela noite ou por causa da pergunta que ela me fez, mas me arrependi de minha resposta e disse a ela que um irmão meu tinha sido assassinado. Foi morto enquanto caminhava com o namorado, eu lhe contei, um matador atirou cinco vezes nele, e o namorado do meu mano começou a gritar feito louco, mas ninguém o ajudou, ninguém: quem iria ajudá-lo se todo mundo estava morrendo de medo, embora não com tanto medo para que parassem de gravar com o celular, para isso os filhos da puta não tinham medo. Disseram coisas horríveis sobre meu mano: que ele andava metido em negócios obscuros, que era coisa de bichas desvirtuadas, um crime passional, que ele tinha sido morto por não pagar suas dívidas, e depois de destruir a imagem dele disseram que se tratava de um sicariato de iniciação, que os meninos sicários matavam pessoas aleatoriamente para mostrar às facções criminosas que estavam prontos, e que meu mano tinha tido azar. Eles não fazem ideia, eu disse a Noa, neste país ninguém levanta o dedo contra o narcotráfico porque, se o fizerem, serão mortos. É triste ir ao funeral de um amigo: você sente raiva e quer que a justiça seja feita, mas sabe que não será, então você para de buscar justiça e começa a acreditar na lei de talião. Sua mente está se destroçando por dentro, tá ligada?, ela apodrece. Disse-lhe que antes da eguada um DJ tocou "Cumbia chonera", de Don Medardo y sus Player's, a preferida de meu mano, e que como em um passe de mágica vi seu corpinho-fantasma dançando vigorosamente, movendo os dedinhos no ar, sorrindo muito, pois meu mano era super-risonho, e me dizendo: vem, Pamelita, vem, e que eu chorei, mas que a música fez meu choro mais doce, então não há grande diferença entre o canto de um vivo e o canto de um morto, acabei respondendo a ela, são a mesma coisa e se nutrem mutuamente. Quando você toca um tambor, ouve o passado e o futuro, nunca o presente, nunca, e no Ruído as pessoas teriam arrancado o coração de um músico para guardá-lo em um pote: teriam arrancado a cabeça de Tuwamari, o deus da música, ou cometido qualquer atrocidade contanto que lhe devolvesse o futuro, sim, porque o canto é a união entre o presente e o ausente, o ritual de sedução insistindo para que a vida continue. É por isso que eu quis cantar para minhe filhe, mesmo que não amasse elu, complicado. Eu queria tirar de mim esse coração, mas ao mesmo tempo eu precisava senti-lo durante o pouco tempo que iríamos compartilhar juntos nesta terra, e isto era o amor: o brevíssimo, um canto triste guardando o que foi perdido e o que vamos perder. Nicole me pediu que parasse de falar a Noa sobre esses assuntos porque, segundo ela, minhas palavras, as do yachak, as do Poeta e as das cantoras transtornavam sua cabeça e a deixavam doente, e naquele momento eu a aconselhei: vá viver, vá aproveitar, pare de pensar em sua amiga que já está crescida e pense sozinha, e ela ficou ofendida e me disse que claro que vivia, que claro que aproveitava, mas que Noa não estava bem, e era verdade, só que todos nós nos sentíamos mais ou menos estranhos no páramo, estávamos todos febris da música e não havia como nos proteger. Fabio e eu treinamos e treinamos a técnica correta do transe até nossos dedos sangrarem, mas valeu a pena porque a jornada através do golpe do tambor é excitante e cria visões. Scriabin escreveu sobre a vibração nos estados alterados de consciência e inventou o acorde de transe, contei a Noa, que ele chamou de "acorde místico", e como estava obcecado com o êxtase ele compôs uma obra cataclísmica, uma sinfonia do fim do mundo à qual chamou "Mysterium", e que não conseguiu terminar porque morreu por causa de uma infecção no lábio, e que absurdo morrer dessa maneira e não do jeito que havia previsto: interpretando sua sinfonia apocalíptica à sombra dos Himalaias, fazendo a música acabar com o universo. Não morrerei, dizem que disse, me afogarei no êxtase do "Mysterium". Fabio quis fazer o mesmo e tocou sua caja ronca dia e noite para que em suas mãos o instrumento soasse leve. Ele acreditava que se praticasse a técnica oculta da percussão poderia chamar os espíritos sem cabeça, entrar no mundo de baixo imitando o som do trovão, invocar a Voz do Terremoto, ou seja, Yma Sumac, trazê-la de volta com suas cinco oitavas de nível vocal e sua coloratura tripla, e às vezes eu sentia que sim, que isso seria possível, sobretudo quando nos alto-falantes do festival a voz de Yma troava nos graves e trinava nos agudos, quando grunhia, sibilava e sussurrava igual às cantoras dançando ao redor do fogo. Elas trouxeram a Voz do Terremoto a nossos ouvidos na noite da eguada, cantando durante horas sob os relâmpagos, fazendo suas vozes se mesclarem no alvoroço do céu, tá ligado? Fabio e eu as escutamos sem conseguir dormir e eu lhe confessei que estava grávida e que não era dele, que não se preocupasse porque eu iria tirá-lo, e ele ficou branco, o pobre, quase no mesmo instante me disse que estava disposto a ser o pai de minhe filhe se eu quisesse, e, aff, que oferta estúpida, que estúpida! Não pude evitar rir e ele ficou ressentido comigo, óbvio, mas seu amor me esgotava, me deserotizava e me forçava a lhe dizer: não me ame, pelo amor de deus, ame a música. A música é a rebelião da vida interior, é a floresta e a ravina. Ame o invisível, eu lhe dizia, ame o obscuro. E contei-lhe sobre a primeira música que ouvi de Lhasa de Sela, "I'm Going In", uma canção que conta a história da gota de luz que fomos no útero, um ponto radiante na escuridão densa onde só há silêncio e nem sequer existe o tempo. Lá nos tornamos carne e crescemos e começamos a ter sensações e a ouvir sons, eu disse a ele, então o espaço encolheu ao nosso redor e, bum!, nascemos, e nosso nascimento foi violento e caótico: sentimos que estávamos morrendo. O líquido amniótico escorreu e o ar penetrou em nossos pulmões porque o primeiro furacão está lá dentro, lá no fundo, só que quando o ar entra não é a morte que nos acontece: é o parto, é a vida começando, a vida que é esse terror, esse vento girando em círculos ao redor de nossos ossos. Nascer é como morrer, diz a canção de Lhasa, e depois aprendemos a escutar, a tocar e a saborear. Crescemos e em algum momento encolhemos e morremos, mas essa morte pode ser outro nascimento, assim como quando saímos do corpo sofrido de nossa mãe e acreditamos que era o fim, e não, não mesmo, a aventura estava apenas começando. "I'm Going In" diz que minhe filhe não vai morrer quando eu abortar, disse a Fabio, não, elu simplesmente vai nascer de uma forma inimaginável para mim, em outra vida ou forma de matéria. E eu queria acreditar nesse vaticínio: eu queria acreditar que o coração primitivo da música era capaz de vencer a morte, por isso subi um trecho do Chimborazo com Julián, e ele trotou e eu corri, corri rápido como uma giganta e Julián me perseguiu assustado, mas continuei correndo para ver se o aborto gozoso viria para mim de uma vez por todas, o aborto espontâneo que resolveria meu problema, e comecei a sufocar e meus batimentos cardíacos se confundiram com os de minhe filhe e eu caí na terra rochosa. Caí desesperançada, tá ligado?, e tive uma alucinação ou um sonho lúcido, não tenho certeza, só sei que vi múmias congeladas saindo do vulcão, múmias de meninas e meninos atingidos por raios ou mortos de hipotermia em rituais remotos, e rezei, juro que rezei para que um raio atingisse minhe filhe, que um braço de luz me violasse e arrancasse elu de meu ventre. Na maioria das vezes nem sabemos o que está soando em nós, mas lá fica soando e é um ruído da consciência que ninguém mais ouve. É preciso ouvir esse ritmo e cavalgar os tambores que soam como cavalos de outro mundo, eu disse a Noa. Eu os cavalguei no último festival do Ruído, quando a música tecnoxamânica fez o páramo enlouquecer e o povo dançou para esquecer o frio, a febre e a fome, porque já não havia comida e estávamos cansados ou doentes, sujos ou irritáveis, não como quando tínhamos acabado de chegar ao sopé do Chimborazo e pensávamos que podíamos comer até o vulcão. Que estupidez enorme, comer o vulcão, mas isso é a excitação: faz você se sentir invencível. Os Xamás Elétricos tocaram e Adriana se jogou no pogo e saiu feito merda, muito pior do que eu e Noa saímos, e ninguém consegue tirar de minha cabeça que a paixão daquela man não era a dança, mas o aniquilamento pelo aniquilamento, o desejo de se levar ao limite do que era suportável porque sim, porque o que é a vida sem o risco de perdê-la ou cometer um crime contra ela, o quê? A questão é que um DJ pôs um remix de "Sanjuanito parrandero", de Polibio Mayorga, e Adriana aproveitou para me perguntar sobre os desaparecidos: você sabe alguma coisa dessa gente?, ela me perguntou, e eu contei o que tinha ouvido: que ficavam perto das montanhas, em comunas anarcoprimitivistas com culto à música experimental, que investigavam o transe, que sacrificavam lhamas e preás, que armavam orgias, que as mulheres engravidavam de esperma de vulcão, que cantavam canções curativas e que eram perseguidos pelo raio, pelo frio e pela tempestade. Estão entre nós dançando e se divertindo enquanto recrutam novos membros para suas comunas, eu disse a ela, e é claro que Adriana quis desaparecer, obviamente, e até Fabio acreditou que desaparecendo ele poderia se tornar um ressuscitador ou um verdadeiro necromante sônico, desses que fazem seu instrumento soar como as vozes dos mortos. E quando Adriana me perguntou se eu iria desaparecer eu respondi que não ou sim, talvez, mas só por um tempo, e quando perguntaram para Carla e Pedro eles nem se deram ao trabalho de responder, mas dançaram ao som das músicas de uma dupla de salsa gótica cujo solista gritou do palco: somos alegres chorando! Eu os vi dançarem à volta de Noa sem que se apercebessem, surpresa por um amor tão jovem poder existir no meio do que lá esteve quase sempre: o páramo, o vulcão e a cordilheira... Um amor jovem como uma canção proibida há milhares de anos, uma força biológica. Eles eram novos no antediluviano e nem se davam conta do que tinham: algo superdelicado, uma canção de amor, ou seja, o nascimento do universo, e eu achei lindo, lindo, embora tenha dito a eles, de qualquer maneira: não amem o mortal, amem a música, porque eu gostaria que pudéssemos vir ao mundo abraçados a alguém e fôssemos embora assim, mas viemos sozinhos e vamos embora sozinhos como Jojairo e Scriabin, como Nina,

Chavela e Lhasa, como Yma e Nick, como Polibio e meu mano. Cada um procura sua própria maneira para se aliviar da solidão e a música nos oferece um consolo que é o amor jovem diante do tempo e o tempo enterrado na cordilheira. É preciso cavalgar os tambores que soam como cavalos de outro mundo, sim. Mesmo os machucados pelos pogos e pela eguada resistiram à intempérie e dançaram para se evadir durante a madrugada elétrica, como diriam os Xamãs, e os relâmpagos foram as luzes de uma rave colossal explodindo a cada poucos segundos. Nada se compara ao espetáculo da natureza, nada, e se você olhar muito para cima entende que só essa violência pode engendrar a vida que tanto amamos, eu disse a Noa, e isso é a música: vamos nos alegrar chorando!, gritei no meio da rave celeste, os vulcões são os dutos lacrimais da terra! Naquela noite fomos xamãs elétricos apesar de ainda não estarmos prontos, ou pelo menos não como Noa, que queria ver a face do sol sem se cegar, tá ligado?, ela queria ver seu pai, e eu expliquei que não é possível olhar diretamente para a face de Deus, não. Foi o pai de Lhasa de Sela quem lhe contou a história de "I'm Going In" e ela morreu de câncer aos trinta e sete anos, este foi o presságio paterno: nascer e morrer, morrer e nascer. O Inti é nosso pai, o Chimborazo é um tayta e a distância entre dois vulcões é o abandono, eu disse a Noa na última noite do Ruído, não procure o rosto de seu pai, não faça isso, você vai queimar de tanto horror. E a menina ficou calada, como sempre, e a música foi o consolo e o perigo.

PEDRO

As cantoras cantaram que havia um cavalo vivo transformado em pedra nas colinas de Tixán. Estava encantado e soprava vento enfermo para as pessoas, de modo que se aconselhava aos caminhantes passar rapidamente por ele, sem parar. Ninguém queria ser tocado pelo malaire, ninguém ia a Tixán, mas as montanhas são grandes sinos que nos chamam. Durante a debandada vi o cavalo de pedra com meus próprios olhos e era uma égua cega e branca como a boa morte. Escondi a verdade dos chagras que vieram procurá-la, eles não teriam acreditado em mim: o animal se convertia em pedra a cada relâmpago e voltava à carne na escuridão. Pensei que tinha enlouquecido, gritei a plenos pulmões: veio de Tixán!, embora talvez o grito só tenha soado em minha mente. Vi a cabeça de Noa sair da crina da égua e suas pernas brotarem junto às pernas do animal. A criatura correu ao contrário, esquivando-se do palco. Fiquei apavorado. Ninguém estava comigo, havia gente no chão se queixando. Antes que eu pudesse procurar Carla, ela me encontrou e me deu um abraço que eu ainda sinto.

Temos que ficar juntos ou vamos morrer, ela me disse.

Tinha razão, eu não sabia, mas a única maneira de sobreviver era estando juntos. Isto é o que realmente significa estar unido a alguém: que sua vida não depende mais de você.

As revistas de ciência falam da morte como de uma mudança na matéria. Por algum tempo esse fato me deu alívio. As estrelas se transformam como as plantas, e a única pessoa que eu já amei continua existindo, pelo menos a energia que brevemente a tornou uma pessoa. Grandes coisas acontecem no universo, centenas de objetos celestes desaparecem todos os anos. As estrelas desaparecem, os planetas desaparecem e ninguém sente falta deles. Carla e eu evitávamos falar sobre a morte porque era um assunto difícil. Ficamos em silêncio quando mataram nossos parentes, também quando penduraram adultos e crianças em postes de iluminação. Os terremotos nos traziam mortes violentas, mas não cruéis como as que nos impunham os homens. Sonhávamos com o degelo do Chimborazo, com os desastres naturais que se avizinhavam e nos animávamos com músicas para esquecer de morrer.

Certa vez, Carla avistou um condor e horas depois sonhei com o pássaro planando sobre a montanha coberta de neve. Segundo as cantoras, ver um condor era um bom presságio. Os condores velhos dobram as asas e se deixam cair sobre os penhascos para voltar a nascer em seus ninhos. O tempo pole as rochas daquelas ravinas, dos vulcões e das cavernas, dá-lhes uma voz que canta e não diz nada. É inútil falar com uma pedra porque o som que ela faz é livre de significado, é apenas uma melodia que pode mostrar o que você sente. Elas conservam a memória desta terra, por isso os sonhos se alojam onde as primeiras canções foram escritas.

Carla leu para mim a do Epitáfio de Seikilos:

Enquanto viver, brilhe, não sofra por nada.
A vida dura pouco, e o tempo exige seu tributo.

A estela de mármore traz a dedicatória de um homem à sua esposa:

Sou uma imagem de pedra. Sícilo me pôs aqui,
onde sou para sempre, sinal de eterna lembrança.

Escrevemos uma música em um meteorito e a enterramos no Ouvido do vulcão. Alguns dias depois ouvi o tayta cantá-la ao longe como se estivesse apaixonado. O yachak nos assegurou de que não havia separação entre homem e planta, mulher e animal, que na vigília e no sono as pedras nos chamavam como a raposa que uiva à noite.

As estrelas também uivam, dizia o xamã, o ouvido é uma caverna que um dia perecerá no universo.

Não me incomodo com a certeza de uma morte cósmica, mas por saber que não restará ninguém para amar Carla quando eu me for, ninguém para lembrar dela ou ouvir suas músicas. O esquecimento me incomoda, a dissolução da consciência e de suas marcas sobre as pedras que escolho. Nada deveria ser apagado, acho, tudo deve permanecer.

Mario me contou que tinha visto Noa imitar a égua que sobreviveu ao raio. Ele estava confuso e dizendo que eram como duas gotas de água, mas eu lhe contei que vi aquela mesma égua caolha correndo para trás durante a tempestade, convertendo-se em pedra a cada relâmpago.

Apenas se moveu na escuridão e de sua crina saiu a cabeça de Noa, eu disse a ele, mesmo sabendo que não acreditaria em mim.

Ao pé do vulcão, o tempo se esticava. O baile se alargava noite adentro e os olhos dos animais nos perseguiam. Fui sincero com Mario e lhe disse que nossas visões não eram uma questão de imaginação, mas de sentimento. A poesia e a música atraem aqueles que estão perdidos e precisam se encontrar.

Proteja-se dos cavalos, das danças e das músicas, eu lhe disse, porque foi isso que Carla e eu escrevemos em uma música.

Mais tarde, Noa se levantou sonâmbula, e Carla e eu a seguimos em silêncio. Saímos da barraca e ela caminhou ao contrário na direção do vulcão com um trote que arrepiou nossos cabelos. Não sei o que esperávamos, talvez vê-la transformada em cavalo para confirmar que estávamos vivendo o sonho da grande cabeça universal, mas nada aconteceu. O vento a impeliu para a frente, entrando e saindo de sua boca.

Nenhum animal de páramo trota ao contrário. Sua cabeça estava jogada para trás, os olhos brancos e o corpo contorcido, assim como eu imaginava a égua morta que seu pai abraçou na floresta de Tixán. Nós a levamos de volta à barraca com cuidado. Ficamos em silêncio até que o Poeta acordou e olhou para Noa como se ela fosse sagrada. Cambaleou até ela, fedendo a aguardente, e cantarolou uma canção de ninar que a pôs para dormir em seu lugar.

Olhem para ela, sussurrou para nós, ela encontrou o caminho da música.

Várias vezes me perguntei qual era esse caminho, mas não soube responder.

As montanhas eram os lugares mais próximos das estrelas que podíamos estar. Lá ouvimos músicas que foram enviadas ao espaço, como "Dark Was the Night, Cold Was the Ground", de Blind Willie Johnson. Essa música nos animou durante as noites sem lua diante dos meteoritos que ameaçavam nos atingir a qualquer momento. Dezessete mil meteoritos se chocam contra a Terra a cada ano, mas a maioria se desintegra antes de tocar a crosta terrestre. Os demais trazem consigo minerais rochosos puros, ígneos ou metálicos do universo, deixam crateras ou passam despercebidos. Carla e eu anotávamos isso e o que aprendíamos em um caderno velho e manchado. Nele escrevemos que o poeta Jorge Eduardo Eielson pediu à Nasa que levasse suas cinzas à Lua. Desenhamos os animais que foram enviados em missões espaciais e a Constelação da Lhama, a do Sapo e a da Serpente. Fizemos listas de astronautas que decidiram se tornar poetas ou músicos, de físicos que tocaram piano para ajudá-los a pensar sobre a origem do cosmos.

Carla queria que uma de nossas músicas tocasse na Lua, mas não tivemos sorte em entrar em contato com a Nasa. A canção se chama "Desejo de firmamento" e sua letra é um poema de Eielson:

> *Não escrevo nada*
> *que não esteja escrito no céu*
> *a noite inteira pulsa*
> *de incandescentes palavras*
> *chamadas estrelas.*

A poesia nasce da língua dos mortos e dos sonhos dos vivos, disse o xamã. De dentro da casa de Carla, os buracos de bala deixavam entrar a luz e eram nosso firmamento.

Na última noite do Ruído, o Poeta recitou acompanhado de três músicos. As pessoas estavam inquietas, nem mesmo o pôr do sol conseguiu tranquilizá-las, apenas a voz de quem fazia música a partir das palavras. Ele prendeu o cabelo em um rabo de cavalo e cantou partes do diário mágico de Xul Solar e de "El amor desenterrado", de Jorge Enrique Adoum. Eu não conhecia esses poemas, mas Carla me disse que o último era sobre Os Amantes de Sumpa, os esqueletos de um homem e uma mulher paleolíticos que estavam abraçados havia mais de sete mil anos.

Pense nisto, Carla me disse: ou eles se abraçaram antes de morrer ou foram obrigados a se abraçar depois que morreram, não importa, o importante é que continuam assim.

Eles eram jovens quando foram enterrados com pedras redondas e de grande tamanho sobre suas pélvis, dizem que como um método de proteção e não de castigo. Carla e eu visitamos o museu onde eles ainda estão conservados. Atrás de um vidro ouvimos as pedras mortuárias cantarem "A canção do osso", um de nossos temas. Escrevemos naquele momento, na frente dos dois mortos que queríamos chegar a ser.

Nunca tinha imaginado o sexo entre esqueletos até ouvir o Poeta dizer no palco:

> [...] *beijar as costelas que ignoramos por causa dos peitos*
> *buscar no fundo da sagrada convexidade do quadril*
> *o osso plano, espelho onde me reconheço.*

Ele recitou "A ternura já era subversiva?" e repetiu o verso como no refrão de uma canção. Alguns cantaram junto com ele porque estavam emocionados. Não me emocionei, mas Carla começou a chorar quando o Poeta sussurrou de joelhos entre pífaros e violões:

> [...] *a fim de que dois possam morrer um dentro do outro, tornando a cópula estreita para que a tumba ocupe pouco espaço, e não como o resto de nós morremos, todos nós que morremos sozinhos como se nos deitássemos por muito tempo para nos masturbarmos.*

Beijei sua testa e ela disse novamente: temos que ficar juntos, por favor.

Ficaremos juntos, eu disse.

Ainda assim, houve um tempo em que eu queria não amar Carla. Morávamos um na frente do outro e o tio dela tinha acabado de ser assassinado em um tiroteio. Havia tiros e mortes todos os dias por causa da guerra entre as gangues do tráfico. Tínhamos treze anos, mas o luto fez dela uma adulta. Paramos de nos falar no recreio e no parque. Me juntei a outros adolescentes do bairro e eles me ensinaram a fumar cigarros e maconha, a treinar vira-latas. Um dia as cinzas do Tungurahua chegaram à cidade e vi Carla pegando sapos mortos na rua, limpando-os com uma camiseta rasgada. Já não tínhamos treze anos, mas dezesseis, e meu pai também tinha morrido em um tiroteio. As cinzas envelheciam as plantas e as despiam de cor. Nunca soube por que ela limpou os sapos nem perguntei: ajudei-a a pegá-los e a partir daquele dia voltamos a ficar juntos.

Mais à frente eu fantasiei em deixar de amá-la, em descobrir o que Pedro seria sem ela, sem o que seu amor me fazia ser, mas não saí mais do lado dela. Deixei que lesse para mim artigos sobre ciência e poesia, que cantasse para mim. Meus amigos fizeram um grupo de trap, compuseram músicas em que diziam que eram membros de uma gangue de narcotraficantes, e então seus corpos foram jogados no rio. O luto é tolerado se você tem alguém ao seu lado: essa é a coisa subversiva da ternura. À noite, o peso da cabeça de Carla em meu peito me dava uma orientação. Agora que ela não está, tenho medo de olhar para o céu, então não olho para ele. Se tropeço em uma pedra, geralmente é aquela com meu nome.

Dizem que as almas dos mortos expelem o vento à medida que se afastam. Eu não pensava nisso quando estava com Carla, só na vida, embora seja verdade que o páramo te faz olhar para a morte de perto. No topo você encontrará os esqueletos de guanacos e pássaros, desertos de terra preta onde nada cresce. Do norte, os maçaricos voam para se suicidar nas lagoas de Ozogoche. Voam por vários meses fugindo do frio, mas o frio os alcança. Centenas de aves caem nas águas geladas do sul. O céu é generoso e alimenta as lagoas, trazendo chuva, bem como carne fresca ou rochas celestes.

As pedras tragam animais, contou certa vez o yachak ao círculo. Se elas têm marcas de casco, é que acabaram de comer.

Investiguei essas pedras e sonhei com uma casa universal que tinha a forma de um crânio e de uma caverna. Lá dentro havia um Diabluma, mas metade de sua máscara estava queimada. Sua dança era contagiante e acabei dançando na cabeça do universo onde ninguém podia morrer. Minhas mãos deixaram pegadas gigantes nas paredes. Do fundo da caverna ouvi cascos tentando entrar. Vi o sonho dentro do sonho, escutei as vozes cavernosas das pedras. Temos quase o mesmo número de neurônios e de galáxias. Pássaros, tigres, lobos e veados projetam imagens quando se deixam ir. Toda cabeça é uma caverna que sonha. Todo ser vivo tem uma floresta primária em sua mente.

A festa de despedida do Ruído foi longa: vários grupos tocaram música para a noite e ficamos gratos. Os Xamás Elétricos subiram ao palco com guitarras, baixos, quenas e um CDJ. Tocaram música eletroandina, distribuíram cristal e chicha zombie entre a plateia. Uma das cantoras segurou a carcaça seca de um beija-flor e a comeu enquanto dançava um mashup de "Mantrakuna", de Enrique Males, com "Arka", de Nicola Cruz. Ela elevou o pássaro acima da cabeça, baixou-o até a boca e o engoliu sem mastigar. As outras cantoras acariciaram sua garganta e lhe mostraram os dentes tão brancos como as estrelas da Constelação do Condor.

O beija-flor tem o canto mais agudo dos pássaros, uma delas me explicou, é como o sussurro do vento nas pastagens. Ssss.

Eu tinha bebido várias puntas e, movido por minha visão da égua de Tixán, aproximei-me de Noa para lhe dizer: se o yachak é um homem-urso, você é uma mulher-égua e uma mama yachak. Contei-lhe o que o xamã me confidenciara: que uma mama yachak devia morrer antes de renascer. Ele mesmo teve de fazer isso para se tornar o urso-negro da cordilheira, e sua iniciação foi complicada. Os eleitos ouvem vozes, viajam dormindo, falam a língua dos Apus e dos animais, têm visões e conversam com os espíritos. Achei que Noa estava passando por um rito iniciático, porque assim parecia. Não discuti com Carla, simplesmente o pensamento do páramo me fez entender.

Você vai sobreviver, eu disse a ela.

Então ela pegou minha cabeça e me baixou até sua altura: sua voz se parece com a do meu pai, disse ela.

A voz humana ascende, os tambores descem. Um canto pode fazer flutuar uma pedra e um tambor enterrá-la, embora um canto tenha a capacidade de destruí-la, se quiser. Minha voz é minha voz, pensei, mas tinha medo de deixar Carla como um pai a sua filha: de que não pudéssemos morrer juntos ou nos abraçar sete mil anos depois de nossa morte.

É o caminho da música!, gritou Carla, imitando o Poeta.

Ninguém neste mundo quer uma pedra cantando sobre seu sexo, exceto os ossos dos Amantes.

Naquela noite não sonhamos, mas vimos a chegada do amanhecer com o corpo destruído pela festa. As pessoas recolheram suas barracas, seus instrumentos e suas mochilas porque temiam outra tempestade, outra eguada, outro terremoto ou que o tayta abrisse a boca para amaldiçoá-los. Se suportaram os acidentes e a dureza do páramo foi por causa da música, mas já não tinham razão para ficar. Desmontaram a plataforma e a barraca do yachak, limparam o acampamento e levaram o equipamento de som. Em questão de horas o lugar ficou livre e só ficamos nós, cheirando a mijo e ferrugem.

Tomem isso como um sinal, minhas runas, disse o Poeta, é assim que se deve dançar para o astro rei.

Carla pôs a cabeça no meu ombro e eu fiquei quieto para ela não resvalar. Estávamos com fome e exaustos, poderíamos ter ido embora, mas não tínhamos para onde ir, então nos aninhamos sob um sol pálido que mal nos aqueceu.

Vamos desaparecer, Carla sussurrou para mim para que ninguém nos ouvisse. É melhor do que voltar.

Se uma estrela ou uma pessoa desaparece, é porque está morta, mesmo que aqueles que desapareceram do festival estivessem vivos e escapando de sua própria morte. Queríamos sobreviver também, mas tudo ao nosso redor estava morrendo na hora errada. Nada do que parecia eterno realmente era: nem as montanhas, nem a neve do Chimborazo, nem a voz de um pai, nem o abraço dos Amantes. Exceto meu amor por Carla, a quem naquela manhã decidi não deixar de amar.

Noa tremia nas pernas de Nicole e ela a cobriu com um poncho, acariciando sua cabeça.

Você vai ver seu tayta ou vai vir conosco?, perguntou o Poeta a Noa.

Ao longe, um meteoro se desvaneceu atrás do vulcão.

Noa nem sequer abriu os olhos.

PARTE II

CADERNOS DA FLORESTA ALTA I

Ano 5540, calendário andino

No princípio era o verbo, e o verbo estava com o pai, e o verbo era o pai.

Tenho a palavra viva no pensamento. É um animal oceânico e não de floresta, como Noa, que veio ao mundo com a aparência de um peixe que nada para baixo, para o fundo, onde ninguém sabe ver. Ela me fez responsável por cuidar do mar, mas sou um homem da terra: entendo as montanhas, a névoa, as raízes escuras das árvores, não a água.

Não sei de palavras líquidas.

Há noites em que rezo olhando para as árvores de yagual, noites em que minha mão segura um coração tenro de veado.

Cosmos e sangue:
conheço os conflitos da criação.

Tenho sessenta anos. Gosto de caçar, cuidar da minha chácara, limpar minhas armas e relógios, adestrar meus cães, ver as vacas pastarem em silêncio e os cavalos se molharem na chuva. Tudo isso tem idade. A palavra do pai, por outro lado, não começa nem termina na linguagem de um homem: guarda consigo a totalidade do tempo e da espécie.

Passa de corpo em corpo como um gafanhoto.

Tem fome.

Quando uma semente cria raízes, ela brota sozinha, mas precisa da luz e das trevas da terra para crescer. Precisa da chuva. Enterrar a semente te obriga a pronunciar o verbo sem idade, a aguentar o peso da água. Ainda assim, um pai tenta assumir a responsabilidade pelo que trouxe ao mundo.

Tenta fazer que a palavra seja verdadeira, justa, sábia, e faz o possível para viver de acordo com ela.

Conheço o tamanho da floresta: é o olho aberto de Deus.

No dia em que Noa me disse que viria me ver, encontrei um ninho caído na vegetação rasteira. Era pequeno e feito de pelos de cavalo, ramos e musgo. Não tinha nada no seu interior, estava limpo e em ruínas.

Um presente dos pássaros.

Uma casa impelida pelo vento.

Gosto de caçar. Eu cuido da vida disparando nela.

Prefiro andar com Sansón ao meu lado e com um rifle do que olhar para o rosto da minha filha.

Uma vez eu disse a Noa:

>adoro os veados,
>os coelhos,
>as lebres,
>as raposas.

E ela me perguntou: "Então por que você os faz morrer, papi?".

>*Fazer morrer*, não matar, ela disse.

Pode-se matar com amor, respondi, a caça existe porque a presa é digna. A presa deve ser admirada, venerada até o fim e até depois.

Eu amo os animais. Com minhas botas faço os galhos, as folhas secas e os insetos farfalharem, e o som é como quero que seja morrer, embora eu saiba bem que não é assim que se morre. Já vi muitas criaturas agonizarem nesta floresta: elas ofegam, se enroscam, olham com os olhos bem abertos para o nada. Sangram. Oferecem sua última tepidez à terra. Observo cada espasmo diante da quietude perfeita, e meu amor por elas continua enquanto as despojo de sua carne e limpo seus ossos e suas peles da morte.

Não sou um taxidermista profissional. Tudo que sei, aprendi com minha mãe. Depois da sua morte, herdei suas trinta e oito naturalizações e seu cancioneiro ritual.

>Eu caço porque a presa é digna.

Na presa estão Deus, o caçador e minha mãe.
Minha filha vem para a floresta alta: vou ter de ensiná-la a acalmar a vida onde a vida se excede. Proteger o silêncio é uma tarefa longa, especialmente nas montanhas. Quero viver neste silêncio, dizer apenas o que o sopro divino guarda.
Mas ela vai me pedir para falar.
Um pai fala, dirá.
Um pai pronuncia o verbo que é como a água.
Cheguei a pensar que, como veados, as palavras tremem e correm se um rifle é apontado para elas. São velozes. Quando as escrevo, posso domá-las, torná-las um lar para Noa.
Um pai deve dizer o que é justo e transparente, mas é difícil pronunciar a palavra que revela seu próprio fundo. Conheço pouco do verbo que é como a água: nunca fui o bebedouro da minha filha. Sou culpado por isso e muito mais.

Morei neste casarão antigo toda a minha vida. É alto, com vidros limpos e pedras cinzentas que se elevam. Às vezes, quando olho de longe, parece um tumor de terra, uma caverna que cresceu de cabeça para baixo, contra todas as probabilidades, inflada pelo vento.

No seu interior eu me desenho. Sou o primeiro animal pintado.

De dia sei que essa rocha que levita é minha. Conheço suas passagens, desníveis e iluminações, mas à noite sinto-a profunda e estranha.

Há partes deste casarão que não me atrevo a habitar.
                          O quarto da minha mãe é uma delas.

Uma noite, há dezoito anos, fui acordado pela dor da mão apertada entre as unhas de Mariana.
Ela se aproximou do meu ouvido e disse:
invadiram nossa casa.
Ouvi objetos sendo arrastados, passos nos degraus. Levantei-me mesmo que ela me pedisse para ficar. Estava grávida de Noa, faltavam dois meses para dar à luz. Ainda não tínhamos armas e os bairros não haviam organizado grupos de autodefesa.
Saí do quarto descalço e de pijama.
Os ruídos eram altos, como se quisessem ser ouvidos.
Primeiro peguei um dos ladrões tirando eletrodomésticos pela porta da frente. Era um garoto baixinho, parrudo, que me atacou. Caímos sobre a mesa de vidro e o barulho alertou outro rapaz que saiu da cozinha e escapou correndo.
Só vi o sangue depois de ouvir os gritos de Mariana da escada, mas continuei a lutar sem saber se aquele sangue era meu.
Golpeei a cara do menino com o punho cerrado.
Uma,
duas,
três,
quatro,
cinco,
seis vezes.
Zonzo, ele rastejou para fora e nós o deixamos ir.
Acho que você quebrou a cara dele, disse Mariana.
Espero que você tenha quebrado.

Compramos uma arma e ensinei minha esposa grávida a atirar. Mariana sempre teve uma boa pontaria. Nunca teve medo de machucar ninguém.

Dias depois, encontramos sangue espalhado em frente à porta de entrada. Cinco dentes humanos e uma cabeça de cachorro descansavam no seu centro.

As quadrilhas criminosas marcavam as casas dessa forma. Tivemos de nos mudar.

O parto de Mariana adiantou em um mês.

Ouça-me: a menina saiu enfeitiçada, disse-me assim que teve Noa nos braços.

Quando olhei para minha filha, senti compaixão. Estava vermelha, coberta de cabelos finos e acobreados, como uma raposa.

Uma menina-raposa.

Vai caindo aos poucos, disse a médica. Acontece com bebês prematuros, é muito comum.

Uma filha recém-nascida nada na verdade, então ela não precisa de outra linguagem além da do calor. Toquei-a o mínimo possível. Aprendi a carregá-la depois de um ano e meio porque tinha medo de que se rompesse.

O afeto é frágil. Para protegê-lo, nós o fingimos.

A primeira vez que naturalizei uma criatura, eu tremia. Não hesitei em atirar nela nem temi o peso da sua língua, mas algo me incomodou quando a esfolei, limpei e curti sua pele macia e suja.

Minhas mãos acariciavam o que a morte fez com a raposa:
um objeto de Deus.

E, enquanto esculpia o molde para aquela pele que brilhava como se ainda estivesse viva, soube que só podia cuidar bem daquilo que estava morto. Foi o que aprendi na minha primeira naturalização: que é possível proteger o cadáver da morte, não o corpo que corre, se alimenta e dorme sozinho. O que está vivo resvala, entendi, a noite faz com que ele passe frio e o dia lhe dá sede. Mas um corpo morto é o invencível da natureza. Seu estado o torna alheio à fragilidade, exceto à do seu próprio desaparecimento.

Eu protejo o cadáver, limpo a pele do que a decompõe, lustro os ossos e jogo a carne na terra. Detenho a morte e a protejo de si mesma. Cuido do animal morto com todo o amor que ele merece.

A primeira vez que cacei uma raposa disse a mim mesmo: eu amo esta raposa.

Amo o animal dos olhos de vidro.
Amo a criatura da qual penteio a pelagem.

Com ela descobri uma nova manifestação de amor.

Com meu primeiro cervo, o significado do sagrado.

Minha mãe conhecia o mistério da morte e da bondade. Quando criança, eu a odiava por me aterrorizar com suas naturalizações, com sua veneração delirante pela cordilheira, pelos ventos e pelas luas.

Matar um animal é ferir o que não se entende, ou seja, Deus, ela me disse, ajoelhando-se sobre duas pedras pretas para trançar os cabelos.

Acendia incensos e pequenas fogueiras.
Esmagava flores e com elas lambuzava seu corpo.
Cortava as unhas das mãos e dos pés
e as enterrava junto com os olhos dos animais.

O tempo é cíclico e morremos muitas vezes, meu hanan pacha, meu lindo wawita, meu kuyllur, dizia. Morremos tanto que começamos outra vez.

Conjurava rezas à cobra das nuvens e dançava com a cabeça do seu primeiro cervo.

A morte é iniciação, mas é preciso pedir perdão pela ferida, meu ninakuru, meu pillpintu, meu karaywa.

Noa não conheceu a avó.
Ela não sabe o sacrifício que é tornar a morte perfeita.

Da minha espera, penso no que me faz temer: amo a raposa porque sou a raposa, mas não consigo amar minha filha ou explicar minha relação com a montanha para ela.

Não se confunda, meu wawita, Deus está nos animais e pode ser ferido, mas não machucado, disse minha mãe, enterrando o cabelo ao pé de um quishuar.

Os animais que caço são meu templo.

É o que direi à minha filha quando ela me perguntar, mais uma vez, por que eu mato o que amo.

Cada um dos animais que caço é meu templo.
Entro neles de joelhos.

A última vez que abracei Noa foi há dez anos. Mariana levou-a para brincar e nós lhe explicamos, da melhor forma possível, que íamos nos separar. Ela não chorou. O dia estava maravilhoso e nada parecia fora do lugar, exceto que eu estava prestes a abandoná-las.

Seu pai não vai voltar, disse Mariana à menina. Ele te ama menos do que ama um cachorro.

Tentei chorar para provar a Noa que sua mãe estava mentindo, mas não consegui porque era verdade que eu a amava pouco. Eu estava indo embora. Tinha enfiado as malas no carro na esperança de começar uma vida mais condizente com minha natureza.

Eu amava minha filha, só que não o suficiente.

                    A dor do mundo cresce
                por tudo que não é suficiente.

Houve um tempo em que desejei ser alguém diferente, uma pessoa que cumpre seu dever e diz a verdade, mas Deus sabe que eu fantasiava em ir embora desde que a vi: um girino dançando entre tecidos brancos, apertando meu dedo como se fosse forte, e era, porque as filhas sempre são fortes no fundo da sua fraqueza.

Eu queria tirá-la da cama onde antes havia desejo e depois só ela me pedindo um amor impossível.

Que tipo de homem sou eu?, me perguntei. Que tipo de pai não sobrevive à força da filha?

Eu disse a Noa que nos veríamos em breve, sem saber que estava mentindo para ela.

Eu te amo muito, filhinha, menti para ela.
Somos inconscientes de todas as vezes que falseamos o que sentimos apenas para ver se o amor nasce em nós.
Agora a espero, e o vento da montanha fica mais forte.
Não a conheço.
Não sei que tipo de pessoa ela é.

Há uma árvore única nessas terras que chamam de Árvore dos Relinchos. Habita na montanha e é comum vê-la quando se entra na floresta alta. É grande e frondosa, com o tronco trançado e folhas do tamanho de uma mão aberta. Diz-se que guarda um cavalo quente no seu interior e que às vezes pode ser ouvido relinchando ao longe. Também se conta que o cavalo sai para passear à noite e por baixo da terra, e que você não deve tentar domá-lo porque então ele se torna vingativo e te afunda com ele.

Certo dia, escapou do meu pai um cavalo da chácara. Ele foi procurá-lo na montanha e não voltou. Os homens do vilarejo encontraram meu pai na manhã seguinte em uma ravina, destroçado. Nunca o conheci, mas a lembrança mais viva que tenho dele são as marcas de ferradura no seu peito.

Hoje fui caçar. O nevoeiro me impediu de ver o caminho durante as primeiras horas da manhã, mas Sansón soube me guiar pela floresta, que é sempre outra. Aqui as montanhas abrem o céu e se elevam.

Andei muito e sem cuidado.

Percorri trilhas conhecidas e inexploradas pelo nariz de Sansón.

Gosto dos galhos, dos perigos, do verdor deslumbrante da pedra. Esta é minha casa: os pássaros cantam e sua linguagem impele a água que cai sobre as rochas.

É o oposto da música.

É o oposto da ordem.

Há algo de divino nesta casa verde que respira ao contrário. Aqui eu vi flores que mordem, pirilampos e, no entanto, não vi nada. Desde criança ando na mata, mas ainda sou um desconhecido. Tudo que sei sobre animais é superficial. Posso responder para onde cervos e raposas correm, como encontrar tocas de coelho e desviar dos veados machos. Aprendi a sentir o cheiro do perigo como uma criatura da montanha, a reconhecer pegadas e sons intimidadores. Sei ler o caos verde, mas apenas uma pequena parte do seu dinamismo.

Não consigo dialogar com criaturas ou plantas como minha mãe fazia.

Não acho que essa conversa seja possível.

A caça me aproxima de Deus e ao mesmo tempo me salva Dele, me faz entrar no animal que não pode ser caçado.

Grande parte da caça é caminhar: respirar a terra, as folhas, as peles, observar as mudanças de luz, ouvir os diferentes tipos de cantos, rugidos, balidos, assobios, avançar com os sentidos em guarda, afiados, dar um passo na frente do outro sem cair, mas, se cair, imediatamente se levantar.

Não se pode caçar a floresta assim como não se pode caçar a Deus, dizia minha mãe.

Agora entendo o que ela queria me dizer: caça-se o animal sagrado, não o divino. Quando entro na floresta, piso no ventre de um dinossauro. Respeito essa enorme criatura de céu, água e terra, por isso meus passos são leves.

       Você é Deus e eu sou Deus, mamãe me dizia.
        Só Deus é Deus, respondia eu.

Três horas de caminhada me trouxeram um veadinho. Era delgado e trêmulo. Notou a presença de Sansón e tivemos que deixá-lo ir. Naturalizei dois na minha prática taxidérmica, não porque seja mais difícil caçar, mas porque não gosto da forma como morrem: como se estivessem nascendo.

 Uma floresta se move. Seus galhos, suas folhas, seus cogumelos, seus lombos se balançam.

 Para minha mãe, a caça era uma liturgia que a punha em contato com o mundo espiritual. Eu, por outro lado, caço para estudar a morte e amá-la em sua condição mais duradoura. Quero que minha filha entenda meu entorno, esse isolamento de chifres, pelagens e cordilheira que escolhi para cultivar uma vida de silêncio.

 Não sei se conseguirá me entender.

 Não sei se saberá que na montanha se passam dias, até semanas, sem que eu fale com outro ser humano.

 Gosto de ter aprendido a viver sem vontade de falar. Às vezes acho que esqueci como se faz, que não saberia manter uma conversa por mais de quinze minutos. Meu único amigo é Sansón e nos entendemos fora das palavras. Escrever é uma coisa diferente.

Escrever é inventar uma fala que você não tem e ouvidos que não estão lá.

Tenho pouca vontade de explicar os motivos que me fizeram ir embora, de fingir sentimentos que nunca senti. Ela quer que eu pronuncie a palavra que é como a água, mas eu não conheço esse verbo, então escrevo à noite contra os sons da floresta. Para fazer silêncio. Para saber o que dizer e o que não dizer.

As palavras são imprecisas. Precisa é a carícia quando toco a cabeça de Sansón, nada mais.

Linguagem, não palavras.

Noa completou dezoito anos há três meses.

A última vez que comemorei seu aniversário, dei a ela uma bicicleta que sua mãe transformou em um triciclo.

Ela lhe dizia:

       você vai cair e vai se matar.

Nem pense em ir ao parque, que vão te roubar.

Se você falar com estranhos, vai ser sequestrada.

Mariana queria poupá-la da dor causando-lhe dor. Não tirava o olho dela e muitas vezes acabava assustando-a.

As crianças do bairro andavam de bicicleta, então Noa, sem reclamar, deixou o triciclo ao lado das coisas que jamais usamos. Era uma criança calada, com um olhar submisso, tímida até com os próprios pais. Por um tempo pensei que talvez fosse consequência de ter visto algo traumático, um dos mortos que os sicários jogavam no nosso bairro, mas não. Ela podia olhar para o vazio por horas como se deixasse seu corpo.

Era doce.

Que mistério: era minha filha e era doce. Deus sabe que nem eu nem Mariana éramos assim.

       De onde saem os filhos?
       De onde sai o que os diferencia de nós?

Eu mantinha a calma quando Noa caía e voltava para casa com os joelhos vermelhos, a pele esfolada, chiclete no cabelo. Eu a deixava brincar até tarde e não lhe dizia nada quando ela ia para a cama sem escovar os dentes.

Um beija-flor é lindo e pesado no coração, dizia um dos cantos da minha mãe. Como eu não queria ter o coração habitado, limpei-o de qualquer presença.

Noa não chorou quando eu fui embora.

Talvez ela soubesse.

Vi um condor planando atrás da montanha.

Não é normal, pensei, deve ter se perdido.
Não costumam vir aqui, mas ele era preto; e seu tamanho, mesmo à distância, me confirmou que era um deles.

Minhas mãos tremeram. Senti algo quente sob a pele: uma preocupação irracional e um arrebatamento. Ver um condor é sempre um presságio. Ele arrasta o sol para fora da montanha para que seja de dia e empurra o sol para dentro da montanha para que seja de noite. Do meu lugar eu o vi cobrindo metade do céu. Sei que não é possível, mas na minha memória aquele animal tapou o sol.

Um sol escuro.

Se eu não acredito em presságios, por que esse tremor?

Meu interesse pela caça não é sobrenatural, mas centrado na razão de um processo biológico e estético. Quando persigo uma criatura, me converto em criatura. Sou um mamífero armado que regressa ao lugar de onde nunca deveria ter saído, inválido, muito mais nu do que qualquer um dos animais da floresta.

Tenho pensado nisto nos últimos dias: em ser homem, em ser pai e em ser morte.

Voltei a ver o condor deslizando em direção à ravina. Ele está perdido, este não é seu lar. Um condor é belo, mas se alimenta de carniça.

Nós dois caçamos estados distintos da carne.

Talvez eu seja pai ou mãe, talvez eu coma dos restos de veadinhos, lance coelhos, lebres e preás à beira da ravina, ou espere além da minha própria espera: lá onde o corpo termina e se corrompe.

Qual a beleza de um animal que vive da podridão?

A da cordilheira, respondo.

Seu ninho.

Sua casa.

E se eu caçá-lo?
E se eu me livrar do preságio?

Os habitantes da montanha procuravam minha mãe quando lhes doía algo, quando eram perseguidos por um espírito maligno, sofriam de soroche ou mau-olhado, queriam saber seu futuro, ter melhor sorte no amor, reavivar seu desejo sexual, dar à luz, fazer uma limpeza, pedir perdão à natureza ou se congraçar com ela.

Quando criança, eu a observei preparar líquidos espessos e escutei as mulheres gritando em um quarto da chácara. Seus gemidos duravam um dia inteiro e minha mãe ficava com elas. Só saía para esvaziar um recipiente de água vermelha que limpava e voltava a encher.

Cultivava arruda no quintal.

A arruda serve para muitas coisas, meu hanan pacha: absorve o mal, cura o corpo e o pensamento, estimula o amor, protege a casa, limpa o vento.

Em mais de uma ocasião, vi como os gritos secavam as arrudas da minha mãe. As mulheres abandonavam o recinto pálidas, com os lábios rachados e os cabelos oleosos. Mamãe lhes dava de comer e as levava para a floresta, onde fazia um ritual do qual nunca me deixou fazer parte.

> Ela as trazia de volta
> encharcadas pela água
> da montanha.
> Quando iam embora, elas
> lhe agradeciam.

É o que eu sei.

Lembro que tivemos alguns encontros violentos, pessoas lhe gritando insultos enquanto ela caminhava comigo de mãos dadas. Foram momentos constrangedores. As pessoas acreditavam que minha mãe caçava para comer e curar, mas acima de tudo ela fazia isso para projetar seus monstros, seu bestiário de cordilheira.

Se tivessem assomado ao seu quarto e visto suas criaturas, teriam nos tratado pior.

Quando criança, eu ia sozinho às missas do vilarejo e ela ficava conversando com as árvores e com os animais, abençoando a floresta, conjurando o clima com orações e danças, curando a si mesma e aos outros, cultivando plantas de poder, procurando cavernas para fazer a sesta.

Aos meus olhos, minha mãe era sombria, alguém que desesperadamente cutucava as entranhas do mundo e se encerrava para reproduzir as bestas da floresta.

Às vezes eu dormia do lado de fora do quarto dela, no chão, esperando que ela me beijasse.

                                              Seu quarto está fechado.

Não gosto de descer para o vilarejo. As pessoas me olham com desconfiança, como se pensassem que estou escondendo delas algo que lhes pertence. Não tenho nada que seja delas, apenas um pedaço de terra em frente à floresta alta e um cachorro que está sempre com fome.

 Sansón me pede para alimentá-lo mais desde que o pároco morreu. É uma coincidência que me inspira, que me faz falar com ele sobre Deus, mesmo sendo uma criatura incapaz de entender o conceito do divino. Agora que a igreja está abandonada, ele devora o que encontra e caça duas ou três lebres por dia. Tentei detê-lo, explicar-lhe que não podemos consumir tudo que ele tira da floresta, mas um homem e um cão falam línguas diferentes:

> o primeiro, a do dever;
> e o segundo, a da necessidade.

 Resisto a amarrá-lo, apesar dos cadáveres que ele deixa à minha porta. Quero lhe permitir que deseje sem restrições. Sei que no fundo nos parecemos e essa necessidade também habita em mim como um cavalo. Às vezes, quando me rendo aos seus passos, sinto que posso falar a língua de Sansón, que entendo sua fome e que ele entende a minha, mas isso dura pouco tempo.

 Reconheço meu lugar na contenção, na domesticação do meu caráter. Um cão, por outro lado, é indefeso contra si mesmo.

 Minha mãe achava que podia falar com os animais: era impotente contra si mesma, assim como Sansón.

Os habitantes do vilarejo me rejeitam. Evitam olhar para mim e, quando o fazem, tensionam os músculos. Recebo essa distância com resignação, compro mantimentos e volto para casa com a certeza de que não sou bem-vindo. Talvez a culpa seja minha, por não tentar fazer parte da comunidade.

Esta manhã, Sansón latiu dentro da igreja vazia e a reverberação foi como a fala de Deus.

Esta é a linguagem que eu almejo:
                    aquela que o templo purifique.

Parece mentira, mas na floresta nublada as árvores que nascem abraçam as árvores que morrem.

Quando deixei Noa, prometi que ligaria para ela todos os dias e a visitaria pelo menos uma vez por mês.
Prometi, entrei no carro e empreendi a viagem.
Ajudou-me a partir dizer a mim mesmo que não estava abandonando-a, que era minha real intenção voltar, visitar, ligar. Logo percebi que não ia cumprir minha promessa: não queria ficar mentindo para ela à distância, fingir que sentia falta dela ou que estava contando os dias até nos vermos de novo.
A verdade era muito difícil para uma menina e até para um homem.
Posterguei as ligações, a princípio por algumas semanas, depois por meses e anos. E a cada dia ficava mais difícil retomar o contato, então nunca a visitei.
Não liguei mais do que algumas vezes.
As intenções com que limpamos nossos corações são sombrias.

Minhas pálpebras doem, não consigo dormir bem. De madrugada, aperto a mandíbula e ranjo os dentes.
         Cuspo sangue quando o sol sai.
 Minha filha se aproxima. Sei o que isso significa, mas não me atrevo a dizê-lo.

Escrever sobre alguém é pôr um peso sobre o ser: é colocar a pessoa por baixo das ideias que se fizeram sobre ela, lançar-lhe sem pena nem medo o olho de Deus.

Escrevo em cima da minha filha e em cima de mim mesmo.

Isso há de ter consequências.

As águias berram, as baleias cantam, as corujas ululam, as cabras balem, os chacais uivam, os veados bramam, os crocodilos choram, os corvos crocitam, os golfinhos estalam, os elefantes barrem, os gatos bufam, as andorinhas chilreiam, as lebres sapateiam, as panteras soluçam, as cobras sibilam e as raposas gritam, mas os condores são criaturas silenciosas. Nem minha mãe sabia como falar com eles.

Uma asa preta acaricia minha cabeça.

É o sol.

Nunca naturalizei uma ave. Eu poderia fazer isso, mas não confio nos pássaros dessas montanhas. Ao amanhecer vejo bandos cruzando o céu de leste a oeste, e ao pôr do sol vejo-os fazendo o caminho inverso com uma calma contagiante. Seu voo é ordenado, exceto quando tremulam sem rumo como um redemoinho de asas e bicos que cortam o ar. Fazem-no algumas vezes por ano: chocam-se entre si, machucam-se. Voam, mas não vão a lugar nenhum. Fico impressionado com esse caos repentino e violento.

     As nuvens dos pássaros nos trazem mensagens, meu pillpintu.

Nos dias em que as aves cobriam o céu de gritos e penas, minha mãe se sentava e as observava. Suas batalhas eram cruentas: dezenas caíam do alto na terra que ela abençoava. Minha mãe lia o futuro no voo e no canto dos pássaros. Todas as noites, depois que lhe traziam alguma mensagem, ela dançava em frente à montanha para agradecer pela origem e perpetuação de seu dom.

Ela se movia de olhos vendados e com um vestido do qual pendiam pássaros mortos.

Nem todas as suas danças, no entanto, eram noturnas.
     Nem todas eram fáceis de ver.

Segundo minha mãe, o canto e o voo dos pássaros avisaram que ela estava grávida, que meu pai morreria, que eu seria um menino e que viveríamos sempre na chácara.

Quando criança, lembro-me de ouvir cantos terríveis vindos da floresta. Esses sons traziam mensagens para a mamãe, não os trinos que nos despertavam pela manhã, não os gorjeios solares. Eram sons rasgados, como alaridos: agudos, graves, broncos.

                                        Ensurdecedores.

Não sei o tipo de ave que produz esses grasnidos, mas a escuto de madrugada com as pálpebras fechadas e imagino que sua linguagem venha da caixa torácica da floresta. Então não sinto medo, mas a lembrança do medo.

Lembro-me também de ver aqueles voos agressivos na minha infância: pássaros chocando uns contra os outros e bicando-se as asas, carcaças caindo junto aos pés descalços da minha mãe, que às vezes as comia para aprender seus cantos, mas não tenho certeza de que isso tenha acontecido.

Essa tarde, enquanto caçava, um pássaro escuro e de olhos grandes se empoleirou num galho próximo. Olhamos um para o outro por alguns segundos e eu continuei andando com Sansón. Algumas horas depois, em outra parte da floresta, me encontrei novamente com o olhar oco do mesmo pássaro.

                                        Senti-me doente.

Não conseguia me mexer, mas levei a mão ao estômago e aguentei o suor e a vontade de vomitar.

Abriu seu bico lentamente.

                                     Não emitiu nenhum som.

Da minha matilha de cães, apenas Sansón tem nome. Os demais têm algo diferente.

    Eu os chamo um, dois, três, quatro e cinco.

    Nenhum desses números os nomeia. São ordens.

    Quando escutam essas palavras, vêm ter comigo e sabem que exijo sua atenção e resposta. É por isso que Um não é um nome, mas um imperativo. Um nome designa, insufla vida no corpo. É uma palavra que se torna músculo, e esse músculo é nosso. Se somos nomeados, adquirimos som e significado. Temos alento, propósito, espírito. Podemos correr, olhar, pular, deitar na grama ou em um catre e ser algo para alguém.

    Sansón, por exemplo, é um som potente, melodioso. Vem do hebraico: significa sol e força. Deus fortalece Sansón com seu nome, enche-o de um sopro celestial, lhe dá a capacidade de vencer seus oponentes com nenhuma outra arma além do seu corpo. Esse é Sansón. Os outros cães são intercambiáveis entre si, quase nunca os levo comigo, exceto quando preciso me sentir parte de um grupo.

    Dois é uma palavra que dirijo ao meu cão para que me obedeça, mas um nome é mais que obediência: é autonomia.

Eu me chamo Ernesto.

Significa: o jamais vencido.

Uma vez me perdi na floresta. Não uma hora, mas um dia e uma noite. É por isso que sei que uma das piores experiências que se pode ter nas montanhas é a ausência de som. A quietude é um risco. O barulho de insetos, pássaros e animais é intimidante, mas o silêncio é como um cadáver abrindo os olhos, algo que parece impossível e te paralisa.
 Não sou um homem que teme o silêncio.
Sei perceber o perigo.

 Minha mãe acreditava que podia guardar o espírito dos animais em suas naturalizações, mas o espírito é semelhante aos sons que fazemos: uma presença invisível e incapturável.
 Na floresta, ouvi as almas das criaturas vivas e, de repente, ouvi-as desaparecer.
Senti Deus e o nada.
Estive perto da morte.

 Não sei por que o processo taxidérmico é chamado de "naturalização". Vem, suponho, da tentativa de fazer que um animal morto pareça vivo, como se a vida fosse o natural; e a morte, o antinatural. Mas eu não naturalizo uma raposa para que ela pareça viva, e sim para que ela possa me acompanhar nos cômodos da minha casa.
 Um animal morto não canta, não late, não uiva.
O silêncio é morte e também uma pausa.

 Estive exposto, desprotegido no meio da floresta, e uma ave de rapina planou sobre minha cabeça para pegar um preá com suas garras. Suas asas permaneceram abertas, agitando-se enquanto lutava com o roedor e lhe dava bicadas que o fizeram guinchar e sangrar.

O silêncio é apenas uma pausa.

O que vem a seguir é necessariamente violento.

Não gosto de música.

Desde a morte da minha mãe, nenhuma música soou nesta casa.

Não preciso dela, a música é indócil. Prefiro os sons da floresta e das montanhas, mesmo que sejam indóceis também.

Minha mãe escrevia cantos para elevar plantas, animais e pessoas. Conheço aldeias que dizem ter levitado com as vozes das suas mulheres, há histórias desse gênero. Não acredito nas lendas, mas uma vez saí de mim mesmo por causa de uma canção e fui outro homem, uma pessoa triste que caiu em lágrimas em meio ao nevoeiro.

Não sou um homem destroçado, disse a mim mesmo. No entanto, a música me transformou em uma criança.

Na semana passada, eu estava andando lentamente pela floresta quando fui alcançado pela melodia de um rondador. Reconheço seu som: no quarto da minha mãe há um velho, feito de osso e penas de condor. Ela o usava para cantar, dizia que aprendia seus cantos com os pássaros e com as vozes que lhe apareciam em sonhos. Muitos dos seus cantos eram de caça, outros de cura, outros eram dirigidos para seus monstros dissecados. Lembro-me de que ela sussurrava, gemia, gritava e batia no corpo enquanto entoava canções incompreensíveis.

Uma criança não deveria ouvir mais de uma voz saindo do corpo da sua mãe, não é de Deus, mas duas vozes sempre saíam da garganta da minha, e nenhuma era a dela.

Até hoje, não sei como ela fazia aquilo. Não estou interessado em saber.

A música seduz seu ouvinte, tenta caçá-lo. Os sons, por outro lado, dispensam a escuta. Se um dia você sente que a floresta te chama, você está se enganando: a floresta não quer te cortejar, ela não precisa de nada de você. Pelo contrário, a música exige ser ouvida mesmo que te imponha um ritmo doloroso, mesmo que seja estridente.

Ela direciona seu pensamento e suas emoções. É autoritária.

     Todo corpo e sua sombra sangram na música.

O som do rondador me seguiu até a chácara como um animal à espreita. Só consegui me sentir calmo quando parei de escutá-lo.

Não vou ser caçado, eu sou o caçador, disse a mim mesmo.
            Eu sou o caçador.

Eu poderia ter dito para minha filha não vir.
    Eu poderia ter dito a ela:
            não sou seu pai, sou apenas um homem.
Por dentro, ainda sou filho.
Por dentro, não tenho nada que possa te alimentar.
    Tenho poucas respostas para suas perguntas: não sei por que não te amei o suficiente.
    Você merecia amor, espero que tenha encontrado. Sou apenas um homem, não seu pai.
    Eu poderia ter dito isso a ela, mas as palavras se esconderam de mim.
            Os dias são longos quando você espera
                    o que não deseja.
    Noa ria durante os terremotos. Cinco anos depois de eu partir, houve um terremoto que matou centenas de pessoas. Liguei para Mariana e ela me disse que estavam bem, para não ligar de novo, e assim fiz.
    O que me liga à minha filha é a culpa de não ter sido pai dela. A culpa de me sentir melhor longe dela, menos desajeitado, menos inútil.
    Espero-a na floresta alta com esse sentimento. Não me resta outra opção.

No início, homens e animais falavam o mesmo idioma. Depois se distanciaram e suas vozes se tornaram opacas, cantos que só os xamãs souberam traduzir.

Um xamã fala a língua secreta que une os homens e os animais com o mundo de cima e o mundo de baixo.

Minha mãe começou naturalizando pássaros, especialmente melros e corujas; depois trabalhou com veados, coelhos e raposas que lhe serviram para o desenho de criaturas híbridas. Ela nunca me permitiu chegar perto do seu laboratório, não até que seus projetos estivessem prontos. Ela dizia que sonhava com bestas saindo das palmas das suas mãos, que as via mesmo quando seus olhos estavam abertos.

Quero transformar um animal morto em um animal vivo, meu ninakuru.

Você vai fazer um zumbi?, perguntei-lhe uma vez.

Não, não um zumbi.

Dominou a técnica e criou naturalizações de monstros andinos. Suas esculturas, como ela insistia em chamá-las, não eram fiéis às descrições populares, mas as evocavam. Isso fez com que ela se considerasse uma artista, uma pessoa que tinha o poder de moldar a natureza.

Sou artista, xamã e maga, ela me disse, mostrando-me alguns gagones na sua mesa. Seu crânio foi esculpido pela minha pélvis quando eu te pari, meu wawita, você é minha primeira escultura.

Naquele dia ela me contou a lenda dos gagones:

São dois cachorros wawas, meu filhinho lindo, cachorros pequeninos, fuleiros e cinzentos, como recém-nascidos do vulcão, que cheiram a fumaça e se abraçam na lama. Estão sujos, imundos. Carregam as almas porcas dos parentes que vivem mal, aqueles que se reúnem como família, então. A eles aparecem, aos incestuosos, e tiram os ossinhos dos joelhos, e com isso os perversos não andam nem pecam.

Lembro-me de como fiquei impressionado quando vi os gagones da minha mãe: suas cabeças eram as de dois coelhos, seus corpos eram os de dois filhotes, suas patas eram as de quatro quero-queros.

Além disso, tinham chifres e asas.

Ouça-me bem, kuyllur: a forma do seu crânio foi definida por um osso meu, então seus pensamentos pertencem a mim.

Não foi fácil ser filho da minha mãe. Vivi com ela uma infância de unguentos, beberagens, monstros e cantos. Aqueles que subiam a montanha agradeciam pelos seus serviços com flores e plantas, que ela cultivava no seu jardim, mas isso mudou de um dia para o outro.

Um cachorro desenterrou um feto na floresta.

Ao lado da pequena sepultura encontraram pedras pintadas, cabelos e unhas da minha mãe, olhos podres de lhama.

Bruxa!, gritaram para ela, mas minha mãe não se defendeu.

Pelas costas, chamaram-lhe La Matawawas.

Desde tempos imemoriais, contam-se histórias de bruxas sobrevoando o cantão, mulheres que transformam crianças em cobras e que caem no chão se alguém desenhar uma cruz ou enfiar agulhas em um chapéu.

Que me chamem de bruxa se quiserem, dizia minha mãe, aqui somos todos bruxos, ninguém se salva.

Ela costumava se trancar no quarto para trabalhar no seu bestiário. Se estava criando uma nova criatura, dificilmente nos víamos. Sua concentração era firme e ela entoava cantos escritos por ela mesma.

Ela me garantia que seus monstros nos protegiam do perigo.

Que perigos?, perguntava eu.

Você não os vê, mas eles estão no vento da montanha, meu shunku, na água, nos animais, e eles têm cheiro de morte, cheiram mal, é por isso que você precisa fugir do cheiro que é como uma árvore de carne escura.

Imediatamente reconheci aquele cheiro esfumaçado e escuro como o carvão: eu o respirava no banheiro, no mato, na cama, nos pés, nos cachorros, no jardim, na comida. Era o cheiro que entrava no corpo da minha mãe quando ela se isolava no quarto.

Era a raiva: era minha mente.

Pensei que se tratava de corpos queimados do mundo de baixo. Estava convencido de que o mal tinha de cheirar daquele jeito.

Vinha, agora eu sei, dos seus animais e das suas bestas.

Naturalizou versões da serpente Amaru, do Huiña Huilli, do Jarjacha, do pássaro Inti, e de Quesintuu e Umantuu, das sereias pré-colombianas do lago Titicaca. Ela me garantiu que essas criaturas eram reais e que habitavam nos bosques e montanhas.

Mas não se preocupe, meu wawita, sua mãe e seus monstros estão aqui para protegê-lo.

Às vezes, ela gritava e destruía o que havia criado. Às vezes saía do quarto e me arrastava pelos cabelos até o curral. Eram os perigos entrando dentro dela, era ela lutando para evitar que o cheiro a agarrasse.

À noite, eu podia ouvir os gagones latindo e as sereias cantando pelos corredores da casa. Nos meus pesadelos, as criaturas da minha mãe se moviam como a floresta, só que Deus não estava nelas.

Agora rezo e estou tranquilo.

O quarto da minha mãe está trancado.

A gente do vilarejo dizia que, de madrugada, a cabeça voadora da minha mãe se desprendia do seu corpo e flutuava até a floresta para invocar espíritos perversos.

Dizia que sua cabeça abria a boca e que todo tipo de guincho, ofegos, latidos, gritos e cantos de animais saíam dela.

Dizia que separava suas mãos voadoras do corpo e despertava pássaros, cachorros, vacas, morcegos e outras criaturas.

Dizia que, desde que o feto havia sido desenterrado, eles encontravam sangue coagulado sob a cama.

Dizia que, transformada em aranha, minha mãe entrava nas casas dos adormecidos para lançar malefícios.

Dizia que tinha matado meu pai.

Escrevo porque espero.

Escrever não é como falar: é estar perto de Deus. Também da mentira; mas, quando a palavra viva aparece, tudo que é falso se converte em verdadeiro.

Ela vai me chamar de pai, mas meu nome é Ernesto.
         Meu nome é Ernesto Aguavil.
            Ernesto Aguavil.

A névoa de hoje foi espessa e o sol ficou escondido. Ao meio-dia começou a chuviscar e quando eu estava voltando para a chácara vi o condor assomando entre as nuvens novamente.

Fiquei nervoso:
              imaginei uma foice escura sobre minha cabeça.

De longe, um condor pode se assemelhar a um homem vestido de luto. O meu desapareceu na neblina, não me deixou vê-lo por mais que alguns segundos, mas foi o suficiente para me fazer sentir como se fosse vigiado por algum mal.

              É estranho que a mente odeie
              o que o corpo e os sentidos amam.

Sua presença se explica por algum animal morto nas proximidades.

              Uma vaca,
              uma lebre,
              um veado.

Ele não está aqui para me dizer nada. No entanto, sinto o aviso desafiando minha inteligência. Ele me fala sobre meu estado de espírito e sobre a maneira como percebo a vida nestes dias.

Da espera e da angústia que vem com ela.

Enquanto voltava para casa, uma coruja abrigada em um galho de árvore me chamou a atenção. Faltava-lhe um olho e isso me fez pensar em uma das criaturas da minha mãe. Se estivessem vivas, como imaginei quando criança, teriam o aspecto de um animal que sobreviveu a uma ferida mortal.

Pareceriam aquela coruja: algo que foi arrancado da morte, algo que não deveria estar ali.

Ouviram-se trovões e eu me preocupei com Sansón.

Acelerei o passo.

Um cão sensível teme as tempestades.

Adivinha no estrondo a presença divina.

O que está fora não nos diz nada, mas o que está dentro. Mariana dizia que não havia como fugir disso e tinha razão: por causa do que estava dentro, eu me afastei dela e vim para as montanhas. A névoa, a chuva, os trovões e o frio são meus irmãos, não o calor, nem os insetos, nem os répteis. Eu não podia viver nos manguezais porque o interior não me permitia.

Nem os enforcados,

nem os decapitados,

nem os esquartejados me assustaram.

Só morrer no calor, entre caranguejos e jacarés.

Quando cheguei à chácara, encontrei Sansón junto à porta. Apesar dos trovões, dormia como uma criança.

Sonhei com o cadáver de um homem com marcas de ferradura no peito. Ele tentava me dizer algo, mas tinha a boca na nuca e, toda vez que ele a abria, um silêncio intolerável saía dela.

    Muitas vezes procurei uma foto que me mostrasse a aparência real daquele corpo pisado por um cavalo.

Meu pai.

    Os mortos não têm rosto. É por isso que no mundo de baixo um morto é igual a qualquer um.

Quando Noa tinha cinco anos, gostava de brincar com as plantas da mãe. Cada planta tinha um nome e uma personalidade e fazia parte de uma história inventada por ela. Uma tarde, enquanto limpava os quartos, eu a escutei gritar e fui até a sala. Lá a encontrei chorando, apavorada com o que era invisível aos olhos. Antes que eu pudesse perguntar a ela o motivo da sua ansiedade, minha filha se escondeu atrás de mim como se meu corpo fosse um escudo e enterrou seu rosto nas minhas costas.

Matilde é uma bruxa!, disse, apontando para o hibisco de Mariana com o dedo. Suas flores são fantasmas! Eu não posso vê-la, papi, não posso!

No começo achei que era uma estranheza infantil, mas o processo mental que transformou uma planta em bruxa me deixou nervoso. Minha filha imaginou uma história que ganhou vida nos seus sentimentos. Era muito mais que uma simples fantasia: suas emoções tornaram possível uma metamorfose.

Toda vez que minha mãe entrava em transe, vivia algo semelhante na sua imaginação: a dança e o canto despertavam imagens adormecidas na sua cabeça, imagens que não aconteciam no mundo natural, mas no mundo da arte.

Noa sabia que o hibisco era uma bruxa apenas para ela, daí seu terror:

       estava sozinha com seu medo.

Brincar de acreditar é o primeiro passo para o arrebatamento mágico, dizia minha mãe.

Jamais brinquei com ela.

A culpa é um fantasma que abre os olhos à noite.
De manhã, minhas gengivas sangram.
O fantasma é lento e se choca contra meus dentes. Durmo com dor e sei que é o esqueleto dele que me causa essa dor.
Meu Senhor, me perdoe.
Não sei ser um homem que cuida do vivo.
Não sei pronunciar a palavra que sacia a sede.
Uma filha é cinzelada pelo vento como se fosse uma massa fresca, maleável, pronta para adotar uma forma bondosa ou violenta. Se você é pai, tem a tarefa de redirecionar o vento.
Esse é seu dever. Você não pode ter medo.
Mas recusei o trabalho: não cuidei da forma da argila.
E agora a forma vem.

Eu voltava de um passeio com Sansón quando vi duas meninas encostadas no curral.
Não pareciam bem. Estavam sujas e uma delas sangrava.
Ernesto Aguavil?, perguntou aquela que tinha o melhor aspecto.
Eu mesmo, respondi com uma voz que não soava como a minha.
Ficamos calados.
Com que facilidade as palavras se escondem atrás das pedras. Com que rapidez elas desconhecem o que há de bom em você.
Meu Deus. Meu Deus.
Por alguns segundos, eu não soube qual das duas era minha filha.

PARTE III

COM O RITMO DA MAMA

Ano 5550, calendário andino

NICOLE

Desmontamos as barracas disfarçando o cansaço, embora pudéssemos vê-lo em cada um de nós. Precisávamos comer e aplacar o frio que o páramo tinha introduzido em nosso corpo, mas o Poeta mal nos ouvia. Segundo Pam, subir até El Altar nessas condições seria impossível, porque a trilha estava cheia de lama e a caminhada levava um dia.

A gente tem que comer primeiro, disse, que se dane o jejum, que se dane, ou a gente come ou não vai a lugar nenhum.

Naquela manhã, olhei para o Chimborazo como se fosse meu inimigo, como se o vulcão estivesse nos empurrando para outro ainda mais distante e nos encorajando a continuar, embora a melhor coisa a fazer fosse desistir.

Não vamos com eles, eu disse a Noa baixinho, vamos pular o Inti Raymi.

O vento estava dentro da minha orelha e quando nos afastávamos ele silvava furioso, não sei se estava fora ou dentro da minha própria cabeça. O silvo me acompanhou e juntos abandonamos a terra árida e pedregosa, as chuquiragas e as yaretas e entramos nas pastagens como nos cabelos de um deus adormecido.

Vamos ter que descansar um pouco ou não vamos conseguir subir, disse Fabio.

Pedro e Carla insistiram para que parássemos em Riobamba. A princípio o Poeta se recusou porque queria que chegássemos a tempo ao Valle de Collanes, à antessala de El Altar e de sua Laguna Amarilla. Ele nos explicou que o primeiro passo era ir até a Fazenda Releche, em La Candelaria, para começar a caminhada de sete horas por uma estrada lamacenta até o acampamento no vale. Ali dormiríamos e, na manhã seguinte, começaríamos a subida a El Altar, que levaria mais duas horas, no mínimo.

O importante, minhas runas, é que a gente não seja surpreendido pela noite, disse o Poeta, porque se a noite nos pega estamos fodidos.

Ninguém ia subir o vulcão sem comer, nem mesmo Mario, que, depois de Noa, era o que se alimentava pior no grupo. Insistimos tanto com o Poeta para que parássemos em Riobamba e tomássemos café da manhã que ele acabou cedendo.

Apenas uma hora, disse ele, e bebeu uma punta.

Às vezes, Pantaguano não parecia estar bêbado, mas estava. Todos os dias, de manhã, de tarde e de noite, ele bebia.

Mais adiante, a vinte minutos do Chimborazo, ficava a estrada onde tínhamos de esperar que nos pegassem. Ficamos sentados ali e vimos passar umas lhamas que nem olharam para nós. Em voz baixa, repeti a Noa que podíamos ir direto ver o pai dela, nos despedir daquele grupo que não conhecíamos bem e pular o Inti Raymi, mas ela continuou a ignorar meus conselhos. Havia algo na atmosfera, uma sensação de risco e exposição que eu não conseguia afastar de mim. Estava preocupada com as mudanças em Noa, mas não só as dela, também as minhas. Não estávamos bem e sempre havíamos estado bem juntas. Sempre tínhamos conseguido nos entender e nos evadir da dor da terra que tragava as pessoas. Essa visão nos unia e, nos tempos de maior horror, dançávamos para vencer o medo, mas no festival ela aprendeu a falar a linguagem do desvario como se quisesse encontrar um sol na neblina. Quase não nos falávamos porque não tínhamos nada a dizer uma à outra. Solidão é não ter nada a dizer às pessoas que você ama.

Era de madrugada quando uma van nos pegou. Nela estavam as cantoras e outras duas pessoas que não nos apresentaram, mas que estavam usando as máscaras do Diabluma e cantando "La venada", que tocava no rádio. O Poeta repassou o plano: tomaríamos café da manhã em Riobamba, pegaríamos os suprimentos essenciais e viajaríamos até a Fazenda Releche para começar a trilha de caminhada. Os Diablumas nos recomendaram comprar umas botas de borracha por causa da lama abundante na estrada.

Às vezes, sua perna afunda até o joelho, disse um, é complicado.

A febre de Noa tinha desaparecido, mas ela ainda parecia doente e eu estava com o nariz escorrendo e me apressava a limpá-lo com a manga da jaqueta.

Na estrada, vimos militares armados e uma patrulha nos deteve, nos revistou e nos deixou ir. Ficamos assustados, principalmente quando o soldado que revistou Adriana e Pam tocou demais nelas e perguntou se elas queriam ir com ele. Elas não falaram nada e nós também não. Mantivemos a calma porque era a única coisa que podia ser feita diante de um militar com um fuzil. A menina que dirigia a van contou que nos últimos dias acontecera um massacre com quase duzentos assassinados nas principais penitenciárias do país.

Mataram um traficante, disse ela, um dos mais importantes. Então jogaram bombas até na capital e há mortos em todos os lugares para onde você olha.

Quando Noa e eu saímos de Guayaquil, o número de assassinatos diários já estava aumentando. Oitenta e oito pessoas foram mortas em uma semana, e três mil até agora este ano. Perto de nosso bairro, um homem usou uma criança como escudo para se proteger em um tiroteio; minutos depois, na esquina oposta da cidade, uma mulher foi morta a tiros e, mais tarde, um policial e, no dia seguinte, duas meninas encontraram a cabeça de um homem boiando no Canal de la Muerte.

É costume ver pessoas mortas aqui, disse na televisão um homem que morava perto do canal, eles sempre aparecem e vêm buscá-los.

Vivíamos a vida do jeito que dava, embora às vezes tirássemos um estímulo estranho da tragédia. Por exemplo, na noite em que conheci Noa, vimos um cadáver e depois fomos dançar. Tínhamos doze anos: um amigo nos apresentou e nos levou para ver a rachadura do maior terremoto do bairro.

Vocês vão adorar, ele nos disse, é enorme.

Entramos em um parque com postes e bancos enferrujados onde a vegetação cobrira grande parte do cimento. Encontramos a rachadura, só que em uma de suas bordas nos esperava um vulto que foi tomando a forma de um corpo decapitado. Ninguém gritou ou falou. O corpo parecia um boneco de pano e mal cheirava, então entendemos que ele não estava lá havia muito tempo. A memória tem mecanismos complexos: era o corpo de um homem, mas se eu fechar os olhos não consigo vê-lo claramente. Não vejo suas roupas, suas mãos, seus sapatos ou sua ferida, tudo que me lembro é do tamanho da rachadura desenhando um raio escuro no chão.

Noa ficou triste e nosso amigo chutou o cadáver até que ele resvalou para o interior da rachadura.

O que você está fazendo?, perguntei.

Não sei.

Nem pensamos em chamar a polícia. Fugimos para uma festa próxima e Noa me disse: temos que dançar para nos livrar do peso do morto. Sim, eu disse, dançando vamos fazer o espírito do corpo sem cabeça flutuar. Era uma piada, mas ela tomou minha mão e nos movemos como se tivéssemos o poder de elevar um cadáver com a mente. Abaixamos e erguemos os braços, fizemos caretas e expressões que pretendiam recriar um ritual e, em meio à fumaça da festa, fomos jovens porque nos atrevemos a tornar a morte mais leve.

As horas passaram assim, celebrando ao ritmo de uma música que gritava para nós que éramos o oposto de um morto e que nisso consistia nosso gozo.

Desde então, a guerra vinha se agravando. No Ruído brincamos de esquecê-la, porém não estávamos mais no festival para nos isolar do mundo. Vimos tanques militares e no rádio uma mulher com voz estridente disse que algumas zonas de Guayaquil e Manta ainda estavam em chamas, que Esmeraldas era uma cidade sitiada e que havia revoltas em Quito. Ouvimos por um tempo até que o Poeta trocou de estação e eu pensei que nada mudaria: que teríamos sempre medo dos traficantes, dos militares, da polícia, dos grupos de autodefesa do bairro, da pobreza, da impunidade, da indiferença, das erupções vulcânicas, dos terremotos e inundações, ou seja, do céu e da terra por igual. Sempre teríamos medo e não haveria para onde ir, porque nem as cidades, nem os vilarejos, nem o páramo, nem a selva, nem o oceano eram seguros. O sangue jorrava em cada esquina e aqueles que participavam dos grupos de autodefesa, aqueles que achavam que eram boas pessoas, como a mãe de Noa ou como meus próprios pais, limpavam suas armas e treinavam seus cães para avançar nas pessoas. O mal está nos outros, pensavam, no crime organizado, no derretimento do gelo dos vulcões, na fúria das placas tectônicas e no aumento do nível do mar.

Tem que matar, dizia minha mãe quando jogavam cadáveres no parque. Tem que matar todos eles.

Noa e eu subimos a cordilheira para lembrar que tinha de haver algo mais na vida do que a morte. Tinha de haver algo além dos corpos apodrecendo nas ruas e nas casas, algo que nos permitisse nos refugiar do que o terror e a crueldade estavam fazendo conosco. Subimos para nos emocionar e encontrar esperança no prazer, mas o Ruído nos trouxe uma música violenta que continuava a nos impor seu ritmo.

Estar a salvo não é viver, disse Mario, apontando para o céu coberto por uma gigantesca nuvem negra. Então ouvi como a motorista dizia ao Poeta que a mama Tungurahua havia explodido no dia anterior.

Nem fodendo que as cinzas da mama vão cair em cima da gente, disse Fabio.

Não se preocupem, minhas runas, o Poeta nos disse, não se preocupem.

Aconteceram coisas estranhas desde o momento em que entramos na van. Para começar, os Diablumas não se apresentaram com seus nomes verdadeiros: somos Aya Umas, disseram, e a motorista nos disse que se chamava Diabluma Três. Também fiquei surpresa ao ver as cantoras lá, tratando o Poeta como se fossem suas amigas, quando no festival jamais demonstraram ser próximas dele. Durante o trajeto, os Diablumas falaram sobre o transe musical usando exatamente as mesmas palavras e, quando Adriana trouxe o assunto dos desaparecidos, responderam que sabiam onde encontrá-los e que falariam sobre isso mais tarde.

Eu acho que eles são os desaparecidos, Pam sussurrou para mim, e eu não quis acreditar nela.

Chegamos a Riobamba às oito da manhã, mas parecia de noite. As cinzas não costumavam fazer isso em Guayaquil, mal conseguiam turvar o céu e lhe dar a textura do ventre de um lagarto.

As tormentas solares influenciam encalhes de baleias e as luas novas influenciam terremotos, disse o Poeta. É por isso que a mama está assim: porque o Inti Raymi está chegando.

Tomamos café da manhã em um lugar estreito onde só cabiam quatro mesas. Fomos atendidos por uma mulher coxa que parecia irritada, mas no fim ela estava apenas nervosa porque tinha acabado de amanhecer e os soldados já estavam andando pelas ruas. Do lado de fora, o asfalto estava cheio de poeira, e Mario e Adriana saíram para brincar na falsa noite da mama.

Dizem que há mortos por causa da erupção, contou a Diabluma Três. Dizem que o som do vulcão foi terrível.

Noa comeu, e pelo menos isso me deu alívio. Eu não sabia o que dizer a ela para que voltasse a ser a de antes e me ressentia da maneira como os outros a tratavam: como se vissem nela uma revelação, e não uma impostura.

O Poeta aproveitou o café da manhã para nos fazer um de seus discursos espontâneos. Falou sobre o processo de interrogar imagens oníricas, sobre a invenção do futuro e de um corpo resistente a catástrofes através do canto. Um corpo de músico-yachak, poeta-yachak, dançarino-yachak, que soubesse caminhar para a morte com desejo e que ressuscitaria como nos mitos antigos. Sua grandiloquência era insuportável: dizia coisas que misturavam política, neoxamanismo e religião e que não faziam sentido. Falei para Carla em voz baixa e ela respondeu que a poesia era o único espaço onde tudo podia ser mesclado. Ela me disse: é uma maneira diferente de pensar, é por isso que no mesmo verso há espaço para a história da ciência e da fé, da astronomia e da espeleologia, da arte e da guerra.

Muitas coisas me separavam do grupo, mas o que mais nos distanciava era que eu não via o Poeta como um poeta, e sim como um charlatão.

O importante é a voz, disse ele. É quando cantamos que somos melhores. É quando cantamos que vencemos a morte.

Ele nos contou que em seu vilarejo se cantava poesia e que os primeiros versos escritos que leu em sua vida foram os de Efraín Jara Idrovo. Também que a primeira vez que chorou com um poema foi lendo-o e não o escutando, que a poesia oral só havia despertado nele alegria, nunca dor.

Foi quando aprendi uma coisa, minhas runas, ele nos disse com a boca cheia de pão: que um poema é uma invocação, que a poesia pede para ser cantada e que os poemas guardam vozes que vêm do paraíso perdido em nós mesmos.

Lembro-me de que naquela manhã as cantoras admitiram comer pássaros para ficar com seus cantos: se você os engolir, consegue fazer sair de você um canto bonito, disse uma delas. Mas a voz que atrai os espíritos não é bela, acrescentou outra: é algo mais.

Olhar muito fundo dentro de si mesmo produz um desequilíbrio. Tentei explicar a Noa que sua crise não tinha nada a ver com música ou com o que o Poeta ou as cantoras lhe contavam, e sim com a necessidade de ver seu pai novamente.

O pai é o primeiro inimigo, Pam lhe disse: tudo o que matamos se converte em pai, mas ela não a ouviu.

Noa e eu paramos de nos falar apenas uma vez antes do Ruído, quando ela quis participar de um coral evangélico. Em frente ao parque do nosso bairro, onde as quadrilhas de traficantes desovavam os corpos, formou-se um grupo liderado por um pastor que falava com um tom parecido ao do Poeta e que usava um colete à prova de balas. Era um jovem que tinha uma tatuagem na nuca e estava sempre cercado por garotas rezando ou cantando por ele.

Onde está Deus, meu Criador, que dá cânticos na noite?, cantavam. Este é um lamento e as filhas das nações o entoarão.

Noa e eu às vezes passávamos pela casa onde se reuniam e ouvíamos o coro por pouco tempo, talvez um minuto ou dois, até que virávamos a esquina da rua e suas vozes se apagavam.

Em uma dessas tardes, Noa sugeriu que nos juntássemos ao coro. E se a gente cantar com eles?, ela me perguntou, e eu fiquei irritada: com certeza eles enchem sua cabeça com Deus isso e Deus aquilo, respondi, com certeza eles te convencem a ir à igreja. Noa me disse que gostava que o coral cantasse olhando para o céu, que pusessem sua vontade de se aliviar na música, que seus cantos tivessem o ritmo do merengue. Aí fiz uma coisa odiosa: comecei a tirar sarro do pastor e das meninas que cantavam com ele. Disse que aqueles que acreditavam na salvação em meio a desastres naturais e massacres eram ingênuos. Disse que, em vez de olhar para o lado, essas pessoas olhavam para cima, e por isso eram capazes das coisas mais atrozes: porque encontravam um fim último para o sofrimento e lhe davam sentido, porque fingiam que tudo ia ficar bem.

E nada vai ficar bem, eu disse a Noa. Basta ver como o parque está cheio de mortos, e basta também olhar para seu pai – ele acreditava em Deus, mas mesmo assim te abandonou.

Não sei por que lhe disse isso. Não sei por que às vezes machucamos as pessoas que amamos. Noa não era crente, embora usasse no pescoço uma cruz prateada que seu pai tinha esquecido na escrivaninha. Lembro-me dela me olhando com decepção: ninguém me conhecia como ela, daquela maneira profunda oferecida por uma amizade que nasce e cresce em um território destroçado. Passou uma semana inteira sem falar comigo, e eu chorei todas as noites, mas descobri que, mesmo amando-a, muitas vezes lhe dizia coisas maldosas porque a invejava. Porque eu preferiria que meu pai fosse embora, como o dela, em vez de ficar do jeito que ele ficou: destruído pela violência e pelo desemprego, ficando bêbado desde cedo para terminar o dia desmaiado na própria urina e no vômito. É tolice pensar que duas dores podem ser postas em uma balança ou que alguém pode determinar qual ferida é melhor que outra. Nenhuma ferida é melhor e qualquer dano se enraíza dentro de nós. Um pai pode nos fazer mal tanto indo embora quanto ficando: minha inveja era injusta, embora suponha que toda inveja seja.

Noa acabou me perdoando, mas o pastor foi assassinado em um bairro ao norte da cidade e o coral se dissolveu. Não falamos sobre a morte dele, assim como não falamos sobre o homem decapitado, ou os mortos no parque, ou nossa primeira briga. Continuei a acalmá-la durante os terremotos ou quando a cidade foi inundada pelas chuvas e os crocodilos do estuário se atreveram a sair. Durante as horas de tiroteio, cobríamos as orelhas e desenhávamos em torno das rachaduras e dos buracos de bala. Todos nós precisamos de uma família. Uma família te faz companhia quando o passado é um decapitado e o futuro é uma criança com uma arma, mas já não fazíamos companhia uma para a outra.

Ao sair do local, encontramos uma loja aberta e compramos botas e um pouco de comida. As cinzas abundantes da mama caíam sobre as ruas e uma dúzia de pessoas admirava o fenômeno das janelas de casa. Mario e Adriana continuavam do lado de fora, dançando e brincando com a poeira cinzenta, e, quando ninguém estava olhando para nós, sugeri a Noa novamente que esquecêssemos o Inti Raymi.

Vá embora você, se quiser, disse ela.

Ninguém do grupo me inspirava confiança. Foi por isso que lhe disse que fôssemos ver seu pai imediatamente, embora eu também não quisesse ver aquele homem. O que eu queria era fugir, mas fugir não era um lugar onde se podia ficar. A fuga vai em direção ao incerto, como a eguada na tempestade: se alguém quer sobreviver precisa encontrar um refúgio, um ponto para se abrigar.

Nada vai mudar, pensei, vamos ter medo a vida toda e ponto.

A visão da cidade era apocalíptica. Noa e eu subimos na van e esperamos os outros chegarem, olhando pelas janelas. Os Diablumas e a Diabluma Três já estavam lá dentro, ligaram o rádio e eu me senti desconfortável, como se o festival tivesse me deixado sensível demais às músicas.

Olhe, Noa me disse, apontando para o fim da rua; e, abrindo caminho entre as cinzas, vi três homens mascarados: dois Diabos Sonajeros e um Sacha Runa, que davam saltos como as figuras insubmissas que eram. Achei suas máscaras aterrorizantes, mas de dentro da van os Diablumas aplaudiram e eu senti que, se o sol não saísse logo, eu ia enlouquecer.

Noa apertou minha mão, emocionada.

A música continuou a tocar.

MARIO

A Adriana e eu dançamos sobre as cinzas da mama. Nós apenas dançamos e empurramos a poeira com os pés. Um cataclismo interior é a dança: o coração muda, o músculo se anima. Ficamos inspirados com o ritmo assustador da pacha. Batemos os pés com força na rua. Novos movimentos saem do corpo se ele for posto para dançar no negrume. Sai o que a mama quer, o festejo do que mata e fertiliza o mundo. A vida e a morte, então: na montanha e na água.

A Adriana dançou bebaça, mas nem parecia. Ela tomou uma punta no café da manhã e logo em seguida me disse: vamos dançar forte para a mama! Uma boa dança te eleva, uma dança ruim te expande. Uma dança ruim é melhor que uma boa, porque aí é que você descobre o que é verdadeiramente seu, o que você nem conseguia ver antes de correr o risco. Dancei mal sobre a terra destroçada, isto é o que ninguém se atreveu a olhar: o meu, o que semeou a festa antes do fim.

Não sabíamos o que ia acontecer em El Altar, apenas pressentíamos. O Poeta nos prometeu dança, música e poesia na montanha gelada. Ele nos prometeu uma experiência atemporal e fomos com ele para continuar o que começamos no Ruído. Estávamos sedentos de puro canto e pura dança. O corpo se torna uma bússola quando quer: tínhamos de ir a algum lugar com tanta ânsia, só não sabíamos aonde. O país estava desmoronando, mas a caldeira de El Altar já havia desabado e dava gosto vê-la assim. Há beleza no caído, dizem, beleza no ruinoso.

Riobamba nem se movia de pavor, as cidades todinhas estavam doentes de tanto assombro.

A Adriana e eu ficamos ali, dançando nas cinzas da mama até que dois Diabos Sonajeros e um Sacha Runa apareceram. Eu os vi: suas máscaras me contentaram. Eram o Julián, o Poeta e o Fabio. Vieram pula que pula, brinca que brinca. A Adriana disse a eles que aquelas máscaras eram para o Pase del Niño, não para o Inti Raymi, mas o Poeta riu dela.

E o que isso importa?, respondeu. Ñawpa pachapi.

Éramos vários que estávamos mascarados. Quem nos liderava era o Poeta, sua voz se fazia ouvir. O poder de sua palavra, quero dizer, do que ele se punha a contar. No rádio da van disseram que as pessoas estavam protestando muito pelos mortos. Que havia bombas e imolados. Cabeças rolam nos presídios e nas ruas, dizia a mulher no rádio, e o Poeta nos contou uma coisa feia. Ele disse que vira um homem ateando fogo em si mesmo em frente ao Tribunal de Justiça um tempo atrás. Que achou horrível, ele disse, até que viu um cachorro levando um braço que tirou do meio do lixo.

Isso, sim, é que foi horrível, minhas runas, ele nos disse. Aprendam o seguinte: não há fundo para o horror.

Nuvens vulcânicas escuras nos acompanharam, só que o sol se assomou pouco a pouco. Ver a luz nos alegrou. Íamos em silêncio e ouvindo o rádio, mas a Pamela ficou pálida e tivemos que parar para que ela vomitasse.

Pronto, pronto, repetia-lhe o Fabio, segurando seu cabelo.

Mais vezes foi preciso parar porque ela estava muito tonta. Assim que o motor arrancava, a Pamela se agachava e fechava os olhos. Vários Diablumas saíram da van para dançar na estrada. Eu não saí, mas coloquei a máscara. Preferi ficar e ouvir o Poeta falando em quíchua com as cantoras. Todos permanecemos, exceto a Pamela, que vomitava; o Fabio, que a ajudava; e os Diablumas, que saíam para sapatear nas cinzas da mama.

Se me perguntarem, digo que foi a voz do Poeta que nos endiabrou. Ele disse que o canto era o regresso ao Éden, e assim ia com sua lábia falando conosco sobre esperança.

Desde o início, minhas runas, os paleoíndios uniram a voz ao sopro da vida no corpo. Ter voz é estar vivo e chutando, e estar vivo é se deleitar e sofrer. É porque sofremos e nos deleitamos que cantamos.

Quando o Poeta falava, saía fogo das suas fuças. Igualzinho às cantoras, o mundo todinho se mesclava na sua voz.

É preciso escutar, meus bros, ele nos dizia: um músico recupera o ouvido do paraíso e cria uma nova escuta diante da fúria e da devastação.

Cheiinho estava nosso corpo do seu palavreado gozoso. Ninguém queria fechar os ouvidos para o Poeta. Ouvindo-o, pensava-se que havia algo milagroso e salvador na música. Um descanso, então, uma saída, porém difícil de encontrar. Ele bebia muito. Lia e escrevia muito. Recitava em voz alta. Cantava seus poemas. Sempre ia com um livro, sempre com um, apenas. Ele até fez meu diabo chorar pelo seu olho preto quando lhe disse: você se esconde atrás das pálpebras, Diabluma dos tremores. Dance com força sobre a terra e a música irá com você.

Atravessar a estrada deu trabalho. Havia rachaduras no asfalto por causa dos terremotos, buracos profundos e largos. Passamos por vacas, touros, alpacas, galos e galinhas. Um homem ensanguentado nos pediu ajuda no caminho, só que não paramos.

Essa estrada é muito perigosa, e não tem como saber se esse man está ferido de verdade, disse o Poeta, temos que continuar.

Eu me senti mal por aquele homem, mesmo que não tenha sido minha a decisão de desconfiar. O Poeta e seus parças controlavam a van, lá dentro se fazia o que eles mandavam. Não os questionamos, apenas os seguimos como ovelhas.

Àquela altura, a Noa estava se comportando de forma estranha. Falava pouco e igualzinho ao yachak, mas torto. Bem se sabe que o que não desaparece cria raízes dentro da pessoa. Tomei coragem e comentei isso com o Pedro. Eu disse: ela pôs a égua no nosso olho. Foi a voz dela fingindo relinchos dia e noite. A voz dela se escondendo e se mostrando de repente.

Cantar um pesadelo é transformá-lo em sonho, disse o Poeta olhando para a Noa.

A voz do Poeta arrastava cabeças de diabo como a minha, tomava as rédeas delas e as levava para passear. A Noa estava apenas aprendendo. Éramos touros; e ela, chagra. Éramos Diablumas e ela era o sol.

Vi que a Nicole estava triste e perguntei: por que essa tristeza? Ela estava viajando conosco para seguir sua amiga. Se tivesse dançado, não teria passado por tanta dificuldade. Quando o corpo dança não sente dor, por isso a festa é montada em cima da morte. Uma cabeça endiabrada sente o coração do universo. Cola a orelha na terra e ouve seu peito. O êxtase é despertar o ouvido, era para isso que íamos a El Altar: para encontrar um amor forte pelo futuro. Não possuíamos nada, mas o amor ressuscita. A dança ressuscita.

A música destrói e reaviva a alma, dizia o Poeta.

Aprendidinhos estavam alguns versos e ele os cantou no caminho, uns sobre uma flauta que reclamava de ter sido cortada do canavial. A flauta se lamentava pela separação. Estava dilacerada, sozinha com seu som. Dizia: aquele que é arrancado da sua origem anseia pelo instante da união. Só que uma flauta canta porque foi afastada da natureza. É a perda que a faz cantar. Então o Fabio relembrou a história do manchay puyto. Era um instrumento feito com um cântaro de barro e uma quena atravessada. Dizem que o manchay puyto foi inventado por um homem usando as tíbias de uma warmi. Dizem que é por isso que uma música dolorosa sai do manchay puyto, uma música fúnebre. A caja ronca do Fabio tinha outra lenda: duas crianças encontraram uma procissão de mortos. A procissão carregava a caja ronca, o instrumento favorito da morte. Criaturas flutuavam junto ao instrumento, dizem, criaturas com chifres de touro e dentes de lobo. As crianças desmaiaram de susto e acordaram com os ossinhos dos mortos entre as mãos. É disto que falamos: que a música e a dança vêm do além para nos devolver a vontade de viver. Sem a perda, não haveria nada soando e nada dançando. Ficaríamos cegos se não sofrêssemos. Cegos e surdos.

Quando chegamos à fazenda, uma neblina cerrada começou a baixar. A Pamela sentiu-se melhor e ficou animada de novo para subir até a lagoa. Os Diabos Sonajeros pularam ao seu redor.

Minha música vai mover o vulcão, ela nos disse. Vocês vão ver.

Nós nos animamos com ela. A luz da manhã estava fraca e as cinzas caíam como uma enxurrada. Três amigos do Poeta nos esperavam no início da estrada com suas máscaras de Diabluma. Levávamos tambores, guitarras, pingullos, chocalhos e rondadores. Uma das cantoras carregava uma queixada de burro; as outras, chajchas nos pulsos.

Ai, com tanta coisa nas costas vão se cansar, a dona da fazenda nos disse: a estrada é pesada, é lamacenta e muito longa, não vão assim, mas não lhe demos atenção. A gente nunca presta atenção no que deveria. A gente quer se equivocar para ter algo a contar, para dançar em cima do erro.

E para o erro dançamos.

CANTORAS
Todas as montanhas têm sexo

Os vulcões contam histórias de amor, ah, eles têm vozes ardentes. Seus sexos são cavernas abertas à noite. Cavernas de urso, cavernas de lobo. As cavernas cantam à noite aberta, você as ouve?, é um segredo: as montanhas derramam água, derramam fogo. Um vulcão ama apenas outro vulcão, mas o Chimborazo engravida as belas warmis. Elas gemem nas encostas. Gritam que o sexo é uma pedra, que o sexo é umidade. O desejo bate fundo na cratera e no tempo. Bate fundo, bate fundo. Os animais correm famintos em cima das montanhas apaixonadas. Entram desafiadoramente em seus sexos e os mordem. O desejo dos cumes canta que o amor existe, o amor existe. A mama Tungurahua pensa como uma nuvem, ela voa alto seu pensamento sombrio em direção ao seu amante e o toca, o beija. Sopra para longe a poeira de seu ardor e excita a neve. Com fogo e pedras ama o vulcão: ama com o vento. Você o ouve? Seu pensamento voa. O amor duro das montanhas deve ser temido. A mama amou o Cotopaxi, amou o Chimborazo. Seu wawa é o Pichincha e se o wawa chora ela estremece. Os vulcões contam histórias de amor, ah, eles têm vozes ardentes. A mama amou El Altar e o Cotopaxi apagou seu fogo. Como o amor está próximo da destruição! Como o amor está próximo da perda! Em suas encostas a mama cria veados e trovões, pássaros e roedores. Seu ardor cresce no tempo, as cavernas se abrem e enchem o mundo com seu orgasmo vermelho: o que brilha não tem sombra. Escute esta verdade: o que brilha não tem sombra. O fogo é o instinto, é uma canção sem tempo, e o fogo é o delírio. A montanha e seu sexo cantam que o amor é uma música violenta, uma música que queima. Seu orgasmo é vermelho. Amar é estar longe do que se ama, escute esta verdade. O que é o amor? É a voz. O que é o amor? É a falta. O que é o amor? É a perda. É a cinza. Ame-a: ame a cinza preta da mama que canta. O amor existe, o amor existe.

PAMELA

Não sei se é um fato conhecido que, além de mago, Aleister Crowley escalou montanhas e vulcões para trazer do submundo o poder majestoso dos Apus, ou seja, era alucinado pelas alturas, enlouquecido de paixão pelos picos, assim como Humboldt e o Dr. Atl, aquele pintor mexicano que se dizia "parteiro dos vulcões" porque viu o nascimento do Paricutín, o vulcão mais jovem do continente. As montanhas são poderosíssimas e é por isso que Los Jaivas fizeram shows em vales altos como Machu Picchu: tocaram e cantaram nos lugares onde a música se origina, espaços que guardam os sons que a interpretação mágica pede para se expandir. Tragamos todo o vento para fazer música diante de uma cratera cheia de água, um vulcão extinto, uma catedral da natureza em ruínas, tá ligado?, não era qualquer rota ou qualquer viagem, mas uma odisseia em que era preciso ter coragem para aguentar o cansaço, porque houve muito disso. Era cansativo subir a encosta e que cada passo fosse minúsculo, um passinho de bebê, um passinho de merda que não te levava a lugar nenhum, e depois chegar à estrada de lama preta e suas botas afundarem até a batata da perna: tirar uma perna e depois a outra se perdia na lama, complicado, e mesmo que você se ajudasse com um pau grande, o pau também ia afundar porque o caminho era muito pantanoso e parecia que podia te engolir. Foi superdifícil, superexaustivo, mas a recompensa era El Altar e seus nove picos, o transe extático na neve e na rocha divina: não havia outro lugar capaz de inspirar a música que procurávamos melhor do que esse, um vulcão devastado mas belo, belo e gigante, como eu, e isso nos fez tirar forças para seguir em frente na lama infinita que nos tragava. Até Fabio caiu e se enlameou full, era impossível subir e eu consegui fazer isso me apoiando em meu coraçãozinho primitivo, em minhe filhe turbulente que se mexia tranquile enquanto subíamos a montanha. Ninguém viajava para El Altar levando dentro de si dois corações, apenas eu ia com um completo e um incompleto, e fiquei feliz em pensar que esta seria nossa última viagem juntes, que viveríamos uma experiência magnífica unides na mesma carne antes do fim. Eu tinha certeza de que as batidas de nosso coração se tornariam as batidas do tambor e disse a minhe filhe: você vai pensar que é o instrumento, mas na realidade será seu coração que fará a música, isso vai acontecer, eu te juro, e então você deixará de existir e eu vou me lembrar de você como um estranho processo biológico, como o peso de carregar dois corações ou fazer do nada um coração novo. Eu lhe disse: gostaria de poder me despedir de você com um canto e que você fosse embora de mim acompanhado de uma música que soasse como seus batimentos cardíacos. Também aconselhei Noa a não ter medo de sua própria voz, a ouvi-la, a permitir que as músicas entrassem nela e iluminassem o que elas tinham de iluminar. E se a sua voz te mergulha na escuridão, eu lhe disse, tudo bem: a escuridão é quente e líquida, é o útero e a terra para onde voltaremos, é o recipiente de barro onde enterravam os incas, e eu cantei para ela a canção que uns poetas escreveram depois de ver uma pintura de Guayasamín chamada *A origem*: um tema lindo, lindo, no qual alguém pede para ser enterrado em um cântaro de barro, ou seja, no ventre materno.

  E enquanto estávamos lutando contra a lama eu cantei essa música para mim mesma, cantei para minhe filhe e pensei que as profecias são feitas para serem cantadas: precisam do som para se elevar ou descer e penetrar no osso do mundo. Trilhando o caminho, procuramos desesperadamente as áreas mais firmes para pisar e isso nos atrasou, não querer ficar enlameados até os joelhos ou ficar presos ou nos machucarmos e impossibilitados de sair de lá como em um filme em que tudo que pode dar errado dá errado, mas no qual alguém sempre se dá bem, e eu ia me dar bem, tinha dois corações e a altitude não me assustava: me incentivava e me impulsionava a continuar. Era muito menos difícil para o Poeta, para os Diablumas e para as cantoras do que para nós, porque eles sabiam o caminho e tinham feito isso várias vezes, então uma hora depois deixamos de vê-los, mas não nos preocupamos, não: era melhor que eles tomassem a frente e montassem as barracas antes que a noite nos alcançasse. O percurso levava pelo menos sete horas na parte oriental da cordilheira, sete horas se você fosse rápido, claro, mas estávamos indo devagar, muito devagar, especialmente Noa e Nicole, e paramos para beber dos riachos mais vezes do que eu gostaria, pois eu queria chegar cedo e me salvar da escuridão. A neblina nos impediu de ver muita coisa, apenas um par de sapos e uma raposa triste, apenas plantas muito verdes e muito úmidas, e para continuar tivemos de lembrar que por trás daquele denso nevoeiro El Altar nos esperava e que escalar uma montanha é uma batalha da cabeça. Você tinha de estar convencido do que estava fazendo, e eu estava, subi para me deixar matar ou para encontrar um covil, um dos dois, e isso me deu forças: pensar que eu mesma era um cântaro de barro contendo a vida e a morte de minhe filhe. Encorajei os outros a continuarem, claro, encorajei Carla e Pedro, que não queriam deixar Noa e Nicole para trás; encorajei Mario, Adriana e Julián, que ficaram impressionados vendo como a neblina se abriu para nos mostrar os picos cobertos de neve ao longe. Nada se comparava àquela visão, nada. Comemos um pouco e eu cantei para o grupo "Canción del sur", de Los Jaivas, com a intenção de que se alegrassem de novo, mas eles eram mais fracos que eu, não tinham dois corações para motivá-los, então eu lhes disse a verdade: amigos, escalar uma montanha é uma batalha da mente, eu sei que é complicado, eu sei, mas a verdade é que, se a gente não chegar à área de acampamento antes do sol se pôr, vamos ficar presos nesse atoleiro e é aí que a gente vai se ferrar, ou melhor: a gente vai se foder mesmo, tão ligados? Lá não vamos ver merda nenhuma e o ar vai ficar mais frio e vamos cair e nos matar, então isso é vida ou morte, então se você quer viver tem que andar mais rápido. Fabio, Adriana, Mario e Julián me acompanharam, mas os outros não: iam a passo de tartaruga e ficaram metros atrás, embora pudéssemos vê-los se virássemos a cabeça. Às vezes Fabio tocava sua caja ronca e a brincadeira não durava muito porque ele tinha de se concentrar no caminho, que era verde e preto e cinza e traiçoeiro, superenganador, não dava para confiar naquela terra nem por um momento. Olhei para o abismo, para os vales e para as rochas e imaginei um órgão de vento construído na montanha semelhante ao órgão de ondas que existe na Baía de São Francisco, aquele que soa toda vez que o mar bate nas extremidades dos tubos de concreto. Quem não gostaria de algo tão maravilhoso, tão perfeito: uma escultura sonora feita de pedra na própria montanha, como os vulcões que são enormes instrumentos de vento e que soam mesmo quando dormem, só que em uma frequência muito baixa para ser ouvida. Nem o nevoeiro nem o frio apagaram essas imagens de mim: Scriabin tocando em frente ao Himalaia, e Los Jaivas nas ruínas de Machu Picchu. Caminhamos durante horas por descidas e desfiladeiros, e a luz começou a se acovardar sem que ainda tivéssemos chegado ao Poeta ou aos Diablumas ou às cantoras, e ficamos desesperados, obviamente, então Fabio, Adriana, Mario, Julián e eu aceleramos nosso ritmo até chegarmos ao Valle de Collanes quando a sombra quase comera as enormes paredes rochosas, os barrancos e os riachos. Chegamos mortos e, apesar de nos restar ainda uma hora de caminhada, já tínhamos os pés bem fincados no vale e isso significava que talvez sobrevivêssemos, que talvez não acabássemos afundados na lama da noite escuríssima do vulcão. Foi um alívio tremendo sentir a música viva no peito e na barriga, o pulso da subida orquestrada por meus dois corações, e saber que estávamos a salvo, que não cairíamos nem racharíamos a cabeça. Viramos para compartilhar a alegria com aqueles que haviam ficado para trás, para pular com eles e comemorar que havíamos escapado do perigo de andar no escuro, mas percebemos que eles não estavam lá e, por mais que gritássemos e gritássemos o nome deles, Noa!, Nicole!, Carla!, Pedro!, ninguém nos respondeu.

PEDRO

Caiu a noite e ainda estávamos na trilha. A sombra era compacta, uma pupila de gigante na qual entramos porque não havia outra maneira de sair. Foi culpa da névoa que cobria toda a lua: nós a respiramos e até nos pulmões ela parecia eterna. Peguei a mão de Carla e ela apertou a minha enquanto tentávamos andar sem afundar na lama. Noa e Nicole estavam perto de nós, embora mal pudéssemos vê-las. Só juntos podemos sobreviver, é verdade. Pam, Fabio, Mario, Adriana e Julián não estavam mais conosco, então nos juntamos mais e as pedras da montanha lançaram sons noturnos. A noite é mais sonora que o dia, ou meus ouvidos ouvem melhor quando não consigo ver. Estávamos assustados, mas ninguém demonstrou, nem mesmo conversamos, pusemos toda a nossa atenção no caminho de ferradura e em suas partes aquáticas. O normal teria sido chegar ao Valle de Collanes antes do anoitecer porque, uma vez que o sol se põe, o frio entra no corpo e você não pode ver as ravinas nem os barrancos. É perigoso andar no escuro, muitas pessoas escorregam e morrem quando a noite as alcança. Tínhamos de continuar nos movendo, então fizemos isso tão rápido quanto o chão molhado nos permitiu. O cansaço era exasperante e nossas pernas doíam pelo esforço de tirá-las da lama, mas os olhos sabem como se ajustar à penumbra. Depois de vinte minutos de caminhada, no escuro, captamos as silhuetas e as formas da trilha e da paisagem. A neblina começou a recuar e senti alívio por Carla e por mim. Tínhamos ficado para trás apenas para fazer companhia a Noa e Nicole: se não fosse por elas, teríamos chegado ao vale a tempo. Não nos arrependemos, era a coisa certa a fazer, mas o medo te faz duvidar até mesmo da coisa certa. Faz você desejar o mal desde que ele te resgate, por isso caminhar na noite é desejar o mal.

    Falta muito pouco, disse Carla quando vimos o vale iluminado pelas estrelas. Não havia mais neblina, o vento soprava forte e não sentíamos os dedos das mãos. A área de acampamento ficava a sessenta minutos de distância, cruzando a escuridão daqueles quarenta hectares, perto de uma floresta de polylepis. Ouvimos o som da água caindo das rochas mais altas para os riachos. Ouvimos relinchos, mas não vimos nenhum cavalo. As silhuetas se confundiam umas com as outras. Noa ficou inquieta, e Carla começou a contar como Nietzsche havia enlouquecido vendo os olhos de um cavalo. Contou que o abraçou como o pai de Noa fez com a égua morta, que chorou sobre seu lombo. Ele perdeu a sanidade e passou onze anos em um hospital psiquiátrico sem escrever ou falar, mas tocando piano porque sem música, dizia Nietzsche, a vida seria um erro. Algo semelhante deve ter acontecido com o pai de Noa e com ela mesma. O yachak disse que, olhando para um animal, era possível encontrar uma voz há muito perdida. Há vozes que não tentam nos dizer nada, apenas soar, mas temos de ter cuidado com o que depositamos no animal e o que o animal põe em nós. Basta que as coisas sejam iluminadas por raios para que não possam mais ser escondidas.

    Vadeamos o rio, a principal artéria do vale, e atravessamos terrenos com pedras gigantescas e vegetação irreconhecível. Houve zonas mais escuras que outras. Fomos em ritmo lento para não tropeçar, torcer o pé ou quebrar a perna. Em um trecho pedregoso Noa escorregou, mas Nicole a segurou e ouvimos um ganido. Olhos brilhantes nos observaram das pastagens. Não sei descrever a imensidão do espaço que nos rodeava, o quão assustador ele se mostrava à noite. O chão e a rocha eram ameaçadores, o que você ouvia e não podia ver, mas também o que você via. O som da água caindo do alto das paredes de pedra era estrondoso. Saber-se desprotegido é temer, saber-se pequeno diante da indiferença da montanha.

Ignorei os olhos dos animais e andei na frente de Carla porque ela era minha responsabilidade. Amar alguém é um caminho obscuro, não importa o que digam, e dar as mãos à noite não salva. Havia coisas naquele percurso que me davam medo. A primeira era confundir as paixões de Carla com as minhas próprias. A segunda era amá-la tanto que tinha vergonha de demonstrar. A terceira era que uma bala perdida a atingisse ou que um terremoto a esmagasse. A quarta era perder experiências sexuais ou vidas melhores. Houve momentos em que imaginei me entregar a essas outras vidas, mas nunca soltei a mão de Carla. Era feliz com ela, só que amar uma pessoa é um caminho obscuro, assim como o do vale.

De tempos em tempos, os olhos das criaturas brilhavam à distância. Em algum momento distinguimos a floresta de polylepis como uma mancha negra no horizonte. Acima estavam os picos nevados de El Altar em forma de ferradura, suas geleiras suspensas. Do nosso ponto ouvimos a cachoeira que alimenta o rio de Collanes. Nosso grupo nos esperava ao pé da floresta, e o Poeta nos acenou com duas lanternas.

Ah, você tá de brincadeira que esse man tinha luz, disse Nicole. Ela parecia exausta, mas Noa estava pior, com o semblante doente.

Três horas antes, Noa havia sofrido um ataque de ansiedade quando uma de suas pernas ficou presa na lama. Carla, Nicole e eu a ajudamos: os demais estavam metros à frente, nem se deram conta do que estava acontecendo. Noa chorou e tremeu, mas Nicole conseguiu contê-la do jeito certo. Disse-lhe: vamos, vamos lá, você queria vir até aqui, então tem que se acalmar para que eu possa me acalmar. As duas caminharam coladas a nós, por isso ouvi Nicole lhe pedir para se apoiar mais nela e Noa dizer que não.

Cuidar pode ser uma forma envenenada de pedir que nos cuidem.

Chegamos ao acampamento congelados. Segundo o Poeta, eles achavam que não chegaríamos. Talvez tivessem voltado por nós, talvez não.

Naquela noite, Carla e eu dormimos abraçados para vencer o frio, mas primeiro ficamos olhando as estrelas. Há mais átomos em nossos olhos do que estrelas na Via Láctea, ela me disse. Muitas vezes choramos porque não conseguimos ver diretamente o sol, mas o espetáculo noturno é nosso quando nos é oferecido. Estávamos exaustos e trêmulos, com os músculos das pernas doloridos, frios até os ossos, mas olhamos para cima porque nunca tínhamos visto tantos pontos brancos na abóbada celeste.

Lembro-me de ter pegado o rosto de Carla entre as mãos e dito a ela: não vamos voltar para Guayaquil, também não vamos ficar nesta intemperança. Quando o Inti Raymi acabar, vamos para o mar, lá é quente, nunca nos sentiremos sozinhos ali.

Ela sorriu para mim e eu senti vontade de planejar o futuro, apesar do medo. Carla tinha razão: a única maneira de sobreviver era estando juntos na noite do vulcão. Nem o frio nem a pedra eram mais firmes que nós. Podíamos ser devorados pelo vento, pela água e pela terra, mas nos abraçávamos para afastar o medo.

O olho também vem do mar, disse a ela, vamos voltar para o mar, vamos voltar para o mar.

O céu começou a se encobrir de novo.

PARTE IV

CADERNOS DA FLORESTA ALTA II

Ano 5540, calendário andino

Não sei o que eu esperava, mas não era isto: duas meninas cobertas de lama e água.

Uma delas, minha filha, sangrando pela sobrancelha direita e mancando de um dos pés.

A outra sustentando-a com dificuldade.

Pareciam ter sobrevivido a uma catástrofe e a trouxeram consigo para as portas da minha casa. Ali, diante da floresta cerrada, os trovões nasciam do focinho de Sansón e não do céu, embora nenhum raio conseguisse me iluminar.

Permaneci imóvel sob a chuva:
  o silêncio é apenas uma pausa, eu disse a mim mesmo,
    algo violento sempre acontece depois.

Os instintos de um pai que renuncia a seu dever são inúteis. Estão quebrados como sua promessa, mortos de sede diante do oásis de Deus. Pensei que poderia separar minha filha do resto das mulheres, mas, se eu tivesse encontrado dez meninas se molhando na tempestade, todas teriam sido Noa para mim, que estou faz uma década sem ver seu rosto.

É vergonhoso para um homem esquecer os olhos que o olharam necessitados, a testa que beijou tantas vezes.

    Vai contra a ordem que a natureza dispôs.

Queria esconder minha culpa em silêncio, ser um pai que reconhece sua filha apesar dos anos e da distância, então perscrutei as duas como faço com as criaturas da floresta, com a cautela e a concentração que me foram permitidas, e fiquei perdido até ver os traços da menina que abandonei ocultos nos daquela de cabelos azuis. O rosto à minha frente, no entanto, era diferente daquele do qual me lembrava: um rosto de nariz comprido e lábios de cor púrpura, que mal se moviam. Seus olhos disparavam para todos os lados e sua cabeça não parava de se mexer de um lado para o outro, incapaz de sustentar o próprio peso. Se não fosse a menina que a acompanhava, minha filha não teria conseguido ficar de pé.

Ela está com muita febre, sua amiga me disse.

Ela e eu levamos Noa para dentro de casa. Acendi a lareira, peguei toalhas, enchi a banheira com água morna para que pudessem se limpar da lama, da chuva e do sangue.

Obrigada, disse a menina, fechando a porta do banheiro.

Desconfia de mim porque não me conhece. Toma as precauções que qualquer um tomaria na sua situação. É compreensível.

      Ela se chama Nicole,
    embora às vezes eu esqueça seu nome.

Enquanto tomavam banho, peguei a farmacinha. Recolhi as roupas delas no chão e enfiei na máquina de lavar. Abri os quartos de hóspedes para ventilá-los. Pendurei camisetas, calças e ponchos na maçaneta. Se eu mantivesse as mãos ocupadas, pensei, meu corpo consagrado à hospitalidade, não seria necessário pronunciar nenhuma palavra, e isso era bom.

Deus ama o extraviado e nos pede que amemos aquele que bate à nossa porta, mas não nos dá a linguagem transparente para recebê-lo. Ele quer que inventemos essa linguagem. Ele nos ensina a inventá-la, e nós, que viemos das trevas e não conhecemos o toque da claridade, balbuciamos uma confidência:

      estamos extraviados também,
      também temos sede.

Quando saíram do banheiro, minha filha tremia. Sua amiga e eu a pusemos na cama e não permitimos que ela se cobrisse. Demos a ela uma aspirina. Nós a fizemos beber água e desinfetamos suas feridas.

O que aconteceu?, queria perguntar à desconhecida que cuidava de Noa com uma dedicação sem igual.

De onde vêm?

Mas a menina se deitou ao lado da minha filha e eu não soube como falar com ela. Apesar de terem se limpado, ambas ainda tinham cheiro de tempestade e lama. A corpos novos invadindo o ecossistema da minha casa.

Saí do quarto o mais rápido que pude.

Escrevo:

lá fora não deixa de chover e os raios fazem os vidros vibrarem. É a primeira vez em anos que durmo com outras pessoas nesta chácara que me viu nascer e que me verá morrer. Fico desconfortável em saber que não estou sozinho, mas amanhã será outro dia: é meu dever lembrar disso.

Será com elas.

Noa continua com febre, dormiu o dia todo. Sua amiga e eu cuidamos dela: pusemos panos frios na sua testa, demos sopa de colherada em colherada e limpamos o quarto, cheio de poeira por estar fechado há tempos.

    O quarto em que dormem é pequeno e escuro. A cama tem lençóis que antes eram brancos e agora estão amarelados. No centro de uma das paredes há um espelho alto que deforma o corpo: é um objeto que costumava me dar pesadelos quando criança porque me mostrava um gigante derretido, e esse gigante era eu.

    Um monstro parecido com os da minha mãe, uma mistura entre águia, coruja e veado.

Uma criação confusa.

    Tudo que há entre essas paredes tem uma história que só eu conheço. É uma casa antiga que guarda seus próprios rumores e que à noite se expande e assume as dimensões da imaginação. Minha mãe dizia que a força da criação é feita de uma imaginação divina e de uma imaginação terrestre. Deus incita a imaginação mística em seu olho de floresta e através dela nos aproximamos do que não pode ser visto, mas a imaginação humana pode dissipar a noite ou dispô-la sobre as costas dos homens. Esta casa imagina a proteção e a ameaça ao mesmo tempo, nela tenho consciência de que o lugar do sinistro é ao lado do da pureza. É o começo e o fim. É o centro: uma casa revestida de luz e de névoa.

    Como explicar para minha filha que os objetos contam a história do começo e do fim da humanidade?

Deus diz que a dor de um homem é a dor de todos. Tudo que me rodeia é meu e ao mesmo tempo não é, tudo conserva a memória do meu sossego e dos meus males e estes são parecidos, ou serão, com os dela. Somos a mesma carne, mas nas nossas diferenças resguardamos nossa identidade. É o que nos salva de desaparecer na vontade dos outros.

Eu não quis desaparecer na vontade da minha filha.

Como explicar isso a ela?

Sua amiga desconfia de mim. Tomamos café da manhã juntos na copa e de novo senti vontade de perguntar a ela sobre os golpes, a torção no pé e a ferida na sobrancelha de Noa, mas tive vergonha de falar como um pai que se preocupa com aquela que abandonou há muito tempo.

A paciência é uma responsabilidade dos adultos. Na espera, nos tornamos grandes diante da incerteza e podemos descansar das perguntas, da sua infinita insatisfação.

Eu tinha esquecido como era dividir a mesa com alguém e lutar contra a urgência de quebrar o silêncio.

A caça é ilegal, Nicole me disse, olhando para o veado sobre a lareira.

Ela tenta ser educada, é uma atitude que aprecio. Ela lava a louça, faz a sopa para Noa, diz por favor, obrigada, bom dia, boa tarde e boa noite. Não são suas palavras que me ofendem, mas seus olhos que desaprovam a história desta casa. Percebo isso na forma como ela olha para minhas naturalizações como se visse nelas uma mensagem de crueldade. A taxidermia é uma arte que poucos compreendem: a beleza inerente à quietude e ao silêncio, a morte detida para ser contemplada. Admiro o desenho sagrado da natureza, nada mais. Não sou um homem cruel, apenas um homem assombrado.

Talvez ela me julgue pelo que aconteceu com Noa, seria normal: ela é muito jovem para entender que a culpa pesa menos que o sacrifício, que há obrigações que criam uma tristeza que aos poucos vai se transformando em desolação.

Ela desconfia de mim e não me deixa sozinha com minha filha no quarto. Acho ótimo, porque também não quero estar. Embora Noa durma, me angustia saber que em algum momento ela vai acordar e me pedir para pronunciar o verbo que é como a água.

Vou ter que dizer:

não sei de palavras líquidas,
não conheço a transparência.

Uma filha tem as feições da mãe e do pai deformadas, transformadas em outro rosto que, no entanto, as contém como um passado inexpugnável. Quando olho atentamente para o rosto de Noa, vejo sua mãe e sua avó nele. Olho para mim e penso que um rosto cria outro rosto porque Deus nos deu essa responsabilidade.

Faça outro rosto, Deus ordena do centro da nossa biologia:

faça outros olhos,
outro nariz,
outra boca.

Abra espaço para uma nova voz que permanecerá quando você voltar ao pó, uma que saia do seu corpo que está morrendo, uma que se assemelhe à sua e seja diferente ao mesmo tempo.

Crie um rosto, diz o Senhor, e reviva nele seus mortos.

Antes de me sentar para escrever, eu estava prestes a esconder minhas naturalizações para que Nicole se sentisse confortável, mas não o fiz.

Esta é minha casa. Esta é minha montanha.

Deus sabe quem eu sou.

Enchi os vasos da casa com flores, algumas delas com arrudas. Não acredito em sua magia, mas em sua capacidade de alegrar os olhos de Noa e de sua amiga. Minha intenção é que se sintam bem e que o olho secreto de Deus nos veja com compaixão.

Apesar dos meus erros, quero inclinar meu corpo para a bondade. Quero pedir perdão e ser perdoado, mas não me arrependo do que fiz e isso obscurece minhas intenções.

Todos nós limpamos nosso coração de pássaros noturnos.

Hoje de manhã minha filha acordou sem febre. Ela ainda está muito frágil para sair da cama, mas me agradeceu pelos cuidados e por recebê-las com uma timidez que me lembrou a minha própria. Não dissemos muito um ao outro, não havia grandes coisas a dizer.
 Falou com a amiga aos sussurros.
       O segredo é um idioma de serpente.
         Um idioma que sibila.
 Ao contrário da sua amiga, Noa não evitou olhar para mim, mesmo que eu preferisse que ela fizesse isso. Sustentou o olhar e ainda me seguiu pelo quarto com ele, até que cruzei a soleira da porta e desapareci.
 Seus olhos são uma armadilha.
 Estou tentando me acostumar a eles, mas há algo terrível em um par de olhos que são idênticos aos da mãe e que insistem em te perseguir. A genética tem um lado tenebroso: o do gesto morto há anos que ressuscita no corpo de um ser vivo.
 Noa morde o lábio superior quando está nervosa. Eu faço o mesmo.
 Também tem as mãos da avó: longas, ossudas, com as veias brotando através da pele.

O perigo de falar é o de terminar pronunciando as palavras equivocadas.

O silêncio, por outro lado, não se equivoca nunca.

O silêncio dá espaço a uma linguagem sincera e generosa, que não precisa de ninguém além de Deus.

Calado, cuido das feridas da minha filha e a alimento. Hospedarei Noa e a amiga pelo tempo que quiserem. Não preciso dizer nada para que saibam da minha boa vontade, essas portas abertas e as flores nos vasos são suficientes.

Gostaria que as coisas permanecessem assim, que continuássemos sem falar, mas sei que isso é impossível.

Estamos vivendo um privilégio:

          nos contemplamos.

Matei uma galinha e a cozinhei para o almoço. Golpeei sua cabeça e quebrei o pescoço dela em dois movimentos limpos. Fiz isso rapidamente, mas Nicole saiu da cozinha consternada e não voltou.

Lembro-me da primeira vez que trouxe Noa para a montanha. Quase não encontramos animais, apenas a carcaça fresca de um falcão ferido na vegetação rasteira. Ela o acariciou, e eu a deixei se aproximar do evento físico da morte. Ela me perguntou sobre os pássaros, sobre a sensibilidade e inteligência deles, mas eu não pude dizer nada além do que todos já sabem, que alguns são mais inteligentes e mais sensíveis que outros. Acho que também disse a ela que os falcões eram gênios ao lado das galinhas, sem saber que estava subestimando as aves de curral. É verdade que as aves de rapina têm uma inteligência incrível, que há falcões que usam o fogo para encurralar suas presas e que outros conseguem enfiá-las nas fendas das rochas e guardá-las para depois, mas a ideia generalizada de que as galinhas são estúpidas está errada: são tão inteligentes quanto muitos mamíferos. Podem antecipar eventos futuros, lembrar rostos e se autocontrolar.

Nunca gostei de aves: minha mãe se encarregou de que fosse assim. Ela não fez isso de forma consciente. Ela as venerava e passava grande parte do seu tempo ouvindo seus cantos.

Os pássaros sonham que cantam, meu pillpintu, dizia-me. Sonhando, inventam novos cantos. Tornam-se artistas. De manhã, reproduzem o canto herdado da sua espécie, que é útil para o acasalamento, mas à noite cantam descontroladamente nos seus sonhos.

Certa madrugada, anos atrás, fui ao poleiro das galinhas chamado pelos seus gritos e vi uma raposa sendo bicada por uma delas. O animal tentou se defender, mas não lhe dei tempo de levar seu prêmio. Ele fugiu, deixando gotas de sangue na grama, e eu tive medo da ferocidade das galinhas, do seu parentesco com os dinossauros.

Eu cuido dos meus animais, mesmo durante esses dias, embora faça isso com apreensão – e eles percebem.

São criaturas sensíveis.

Duas vezes chorei por causa de Noa.

A primeira foi quando a levei para o primeiro dia de escola e não me deixaram acompanhá-la à sala de aula.

A menina tem que aprender a ficar sem o pai, me disse a professora na entrada.

Eu a vi caminhar sozinha dentro de um enorme campo de futebol e sumir entre crianças de diferentes idades. Parecia perdida e temerosa. Nunca foi uma criança corajosa.

Chorei todo o caminho de volta para casa.

A segunda foi quando essa mesma professora me contou que Noa havia tentado roubar o brinquedo de uma das suas colegas. Me senti humilhado e me lembrei da forma como minha mãe me corrigia toda vez que eu tomava um caminho errado.

Expliquei a Noa que teria de castigá-la, e ela entendeu. Deitei-a no colo.

Mariana abaixou a calcinha dela.

Bati nela três vezes nas nádegas com um cinto velho e ela gritou como se fosse morrer.

Seu rosto ficou vermelho.

No trabalho, eu não conseguia pensar em nada além daquelas três cintadas. Me perguntei se essa era a maneira como Deus queria que minha filha aprendesse a ser uma boa pessoa, se a violência poderia semear honestidade ou apenas submissão, se o sentimento de culpa que crescia em mim era a língua celestial me dizendo que era eu que havia tomado um caminho torto.

Ninguém nasce sendo pai, ninguém sabe nada além do que lhe ensinam que é certo.

Quando voltei para casa, chorei sobre os pés da minha filha e lhe prometi que nunca mais levantaria a mão para ela.

Ela não entendeu o que eu estava dizendo.

                                      Já tinha esquecido tudo.

A floresta nos observa pela janela.
 É um olhar que só respeito quando ouço os cachorros latindo para ela na sua imensa noite.

Comemos os três juntos na copa e conversamos sobre assuntos insignificantes em meio a silêncios prolongados:

          o tempo,
          a comida,
          Sansón.

 Nada memorável.
 Nicole não voltou a tocar no assunto da ilegalidade da caça, mas sei que foge dos olhos de vidro do veado na lareira, das garras abertas do quiri-quiri junto à janela, dos dentes da raposa e do coelho na sala. Ela deve acreditar que a caça, para um homem que conserva os animais que mata, é um exercício de poder, mas está enganada: é um exercício espiritual. Cada criatura taxidermizada é uma estátua da natureza. Com eles me aproximo do mistério, do enigma insolúvel da vida e da morte no plano divino.
 Caçar e rezar:

          uma busca silenciosa.

 Depois de comer, Noa me pediu para levá-la a um passeio pela chácara. Apesar da torção no pé, minha filha caminha melhor do que na tarde em que chegou. Vejo-a recuperada, como se o estrago tivesse deixado seu corpo de vez. Graças à sua nova condição, pudemos andar sem que eu tivesse de lhe oferecer meu apoio, a uma distância prudente que salvaguardou minha privacidade e a dela.
 Aqui, comigo, sinto-a mais distante que antes. A menina que conheci deixou de existir e essa mulher é uma estranha.

     Temos pouco a dizer um ao outro.

Enquanto lhe mostrava a casa, tive vontade de perguntar quando ela iria embora, mas não queria lhe causar nenhuma dor nova. Noa admirava as peles mortas dos animais e tocou minhas naturalizações com a mesma delicadeza que usaria para acariciar um ser vivo.

Sua curiosidade me pareceu excessiva, como se estivesse me estudando.

Então, em frente ao quarto da minha mãe, eu lhe disse que não entrava lá fazia muitos anos.

Por quê?, ela me perguntou.

Não sei, lhe disse.

Posso entrar?

Não encontrei nenhuma razão válida para negar.

Abri a porta e a poeira se levantou como um torvelinho antigo. Um cheiro adstringente e úmido escapou dos móveis em uma corrente de ar que cruzou a soleira, mas só vimos as silhuetas dos objetos porque a luz era insuficiente. Entrei no quarto e tropecei em uma cadeira e em um banquinho antes de chegar às cortinas.

Eu as abri com um único puxão.

Noa deu um passo para trás.

Os monstros da minha mãe ainda estavam lá, intactos, ocupando as mesas, prateleiras e mesinhas de cabeceira em poses impossíveis. Sei bem o que vê-los faz com as pessoas, como eles podem ser repulsivos para olhos não acostumados com o trabalho de uma imaginação sórdida.

O trabalho da minha mãe é o oposto do meu: eu rendo culto ao desígnio de Deus, ela decidiu profaná-lo.

Noa entrou no quarto com respeito e lentidão. Ao contrário do que eu esperava, não me perguntou sobre a origem do que estava vendo. Deixou-se levar pelo espanto e roçou o ventre de uma alpaca com casco de tartaruga e pernas de pato. Então se deteve na frente de Quesintuu e Umantuu, as sereias parte peixe, parte pássaro, parte macaco que seguravam um charango e um rondador.

Sua avó gostava de sereias bolivianas, chilenas e peruanas, eu lhe disse: as dos lagos Titicaca e Poopó, as da Laguna de Paca, as da Laguna Negra. Sereias de Chiloé, shumpalles e pincoyas.

E ela me disse: dizem que há sereias no Lago de San Pablo e que à noite cantam para o tayta Imbabura.

Estava fascinada. Foi uma surpresa.

                        O fascínio pelo profano existe.

Você gosta de viver fora do mundo?, me perguntou.
    Estou no mundo, respondi.
                                    Você está em silêncio,
                       e o silêncio é de um mundo outro.
Pode ser.

Hoje de manhã desci até o vilarejo.

O céu estava limpo como fazia muito tempo que não se via, e Sansón aproveitou para correr pelas ruas douradas pela luz.

A grama carregava o orvalho da noite passada.

(Uma grama que é dobrada pelo vento pode sustentar a vida da água.)

Estando sozinho e tranquilo, lembrei-me do tamanho da minha felicidade nestas alturas, aqui onde a beleza é animal, vegetal e orográfica.

O vilarejo é, na verdade, uma aldeia envelhecida. Duas ou três crianças ainda brincam nas ruas, mas assim que for possível irão embora. O resto de seus habitantes tem entre cinquenta e noventa anos e cuida de um bar e de uma loja modesta.

No caminho, cruzei com cinco jovens disfarçados de Diablumas.

Um deles tinha a parte inferior da máscara queimada, os outros a usavam suja de lama, e todos me seguiram durante muito tempo com os olhos. Fingi não perceber, mas minha atenção ficou com eles.

Hoje em dia qualquer um pode conseguir uma máscara de Diabluma. Não deveria ser assim.

Enquanto comprava sal e óleo, um mascarado pulou como um sapo e ficou agachado de costas para mim.

Seu segundo rosto continuou a me observar.

Quando os animais morrem, eles voltam para o corpo de Deus, eu disse à amiga da minha filha.

Deus é Aquele de quem saímos e a quem voltamos.

Jamais me senti superior às feras da floresta. O fato de poder caçá-las me torna diferente, mas não mais forte nem melhor. Creio na sacralidade que habita em toda criatura; no vivo que penetra na quietude como em um sonho alheio.

O enigma do animal é o sonho que o leva à morte.

O do homem, a morte que o conduz ao animal.

O terremoto nos fez correr para fora de casa. A princípio não nos incomodamos:
                    a terra estremece como o
             delicado esqueleto de um beija-flor.
Do lado de fora, fomos testemunhas da dança das árvores e das paredes da chácara. A vida do subsolo tem uma intensidade incomparável. A floresta se eleva em direção à luz, mas suas raízes estão molhadas no escuro e convulsionam os músculos do terreno. Os tremores de terra sacodem essas montanhas sem que nada de terrível aconteça, mas quando acontece as pessoas morrem sob os escombros.

Não há um local seguro. Não há um esconderijo para descansar do tremor do beija-flor.

Antes que o sismo parasse de palpitar, lembrei-me dos diferentes tipos de quindes que habitam a cordilheira:
                  beija-flor-resplandecente,
                    beija-flor-violeta,
                    beija-flor-esmeralda,
                beija-flor-de-crisso-branco,
               beija-flor-de-garganta-azul.
Há mais, mas esses são os que já vi bebendo do caldo das flores da floresta e do páramo. Toda vez que vejo um quinde, penso no ritmo acelerado dos terremotos, no espírito aéreo de Deus, no seu canto agudo se confundindo com o vento e na ressurreição da carne.

Um beija-flor é um ressuscitado, dizia minha mãe.
                              Se a terra treme,

é porque um quinde ressuscitou.

Não é verdade: só Deus ressuscita Deus, mas essas palavras voltaram à minha mente quando vi Noa segurando o cancioneiro ritual de sua avó. Ela o abraçava contra o peito enquanto a casa resistia aos movimentos da montanha e, apesar dos anos, pude reconhecer o velho couro manchado de sangue.

Minha mãe escrevia seus cantos naquele livro: a música que ela dizia ouvir na noite eterna da sua cabeça.

Não falei nada para minha filha, apesar de ter ficado chateado por ela ter vasculhado o quarto que eu insistia em manter trancado.

Ela sente curiosidade pela família, isso é normal, mas aqui é minha casa.

Há algo que volta com o beija-flor: a vida, o tremor, a voz de alguém que já se foi.

É melhor que as coisas dos mortos fiquem quietas.

Li o cancioneiro ritual da minha mãe durante a manhã do seu enterro.

Na primeira página ela havia escrito a carvão: "Cantos do sol escuro", e eu fiquei espantado por não reconhecer sua caligrafia.

O restante das páginas continha canções, conjuros, descrições de rituais, receitas para o mal de ar e para a melancolia, desenhos de vários monstros e sereias emergindo do Quilotoa, pequenas reflexões e instruções para cantar em silêncio e assim por diante.

Às vezes, suas canções falavam de uma escuridão iluminadora: uma noite interior e radiante.

Fiquei perturbado ao ler sobre as vozes que ela dizia ouvir quando fechava as pálpebras.

"Uma voz do passado e outra do futuro", li.

Nem sempre dá para estar cantando para acalmar a terra, ela me disse antes de falecer junto a uma árvore de yagual. Ela estava havia dias padecendo em razão de um deslizamento de terra que tragou mais de cem pessoas em Alausí.

De certos assuntos a pessoa já não se recupera, ela disse.

"Um sol feito de trevas", li.

"Uma voz como um sol noturno."

Há apenas um beija-flor capaz de viver a mais de cinco mil metros acima do nível do mar, que é o beija-flor-estrela-do-Chimborazo. É um pássaro minúsculo com uma cabeça azul-violeta iridescente.

Seu canto tem um tom agudo e um tom ultrassônico.

O tom agudo se confunde com o assobio do vento contra as pastagens, mas o outro é secreto e inaudível para os homens. É um canto de amor destinado ao acasalamento que só as fêmeas podem ouvir. Minha mãe aspirava a imitar esse canto silencioso para atrair os quindes para nossa casa.

Os beija-flores transportam os desejos e os pensamentos das pessoas, ela me dizia.

Seu livro estava cheio de canções para serem cantadas em voz alta ou com a voz calada da mente. Suas canções silenciosas me assustavam quando criança, porque mergulhavam minha mãe em uma quietude semelhante à de um homem morto. As outras a agitavam e a faziam gemer, sussurrar ou gritar, mas pelo menos a mostravam viva. Então eu podia suportá-las.

A música, assim como a máscara, traz à tona um novo rosto que já existe no interior dos homens. É um rosto sombrio que não precisa de Deus e que é melhor enterrar no fundo do corpo.

Lembro-me de que algumas das letras do livro da minha mãe eram litúrgicas, como poemas, mas também que outras repetiam frases até que as palavras punham a floresta de cabeça para baixo.

Kuyllur, ela me dizia, se um homem tentar pegar um quinde, esse homem morrerá.

Todos limpamos nosso coração de canções escuras.

Eu amo a Deus ou só quero ser digno do Seu amor?

Caminhei na floresta como tantas outras vezes e me senti observado, não pelo animal ou pelo divino, mas por algo morto.

Pelo canto do olho, pensei ter visto uma cabeça assomando por trás de uma árvore de yagual, mas quando olhei para trás não havia ninguém ali, apenas a floresta montanhosa como uma visão de outro tempo.

       Toda floresta é Deus
    porque parece ter existido desde sempre.

Ao voltar para a chácara, vi os cinco Diablumas do vilarejo saltando na montanha, mas não pode ser verdade. O nevoeiro às vezes engana:

    uma página em branco onde a mente escreve.

Minha filha e sua amiga pararam de dormir juntas.

        Agora Noa repousa no quarto da minha mãe.

    Saber disso, entrar no corredor e ver a luz deslizando pelas frestas da porta fechada me deixa nervoso.

    Toda casa tem suas áreas secretas, espaços que nunca deveriam ser ocupados. A vida privada pede penumbra como uma planta que não resiste à luz direta do sol. Sua intimidade deve ser salvaguardada sob o risco de se tornar obscena.

    Quero que Noa deixe em paz o segredo desta casa, mas não sei como fazê-la saber disso.

                      Os monstros da minha mãe
                      são os monstros da minha filha.

Hoje Noa se penteou como sua avó. Ela fez a risca do cabelo no meio e deixou a trança cair sobre o ombro.
       Não gosto de como fica nela.
       Não sei o que ela pretende.
Eu estava alimentando os cachorros quando, de repente, a ouvi cantar uma das canções da minha mãe. Segui o som até a entrada da floresta e a encontrei com o livro aberto sobre as pernas.
 Não consegui disfarçar meu desagrado.
 Não faça isso, lhe disse.
 Por quê?
    Porque não é certo mexer nas coisas dos mortos.
 Mas aqui há cantos que acalmam terremotos.
 Me dê.
 Cantos que fazem levitar montanhas.
 É uma falta de respeito.
 Com quem?
 Com Deus.
Ela olhou para mim como se olha para um homem enlouquecido e disse, pondo fim na conversa:
       o livro é meu.
Odeio a música que se equipara ao canto dos pássaros. Odeio as bocas que se abrem para cantar como um pintinho implorando por alimento. O passado ataca não só com lembranças, mas com sensações.
 A origem da música é uma concha.
 Uma concha quebrada que provém do inferno.

Às vezes me pergunto por que minha filha não fala comigo.

Pensei que ela me pediria explicações, mas permanece em silêncio e canta no escuro os cantos inventados da avó. Eleva a voz e os animais a ouvem, e também a floresta, que é um olho divino que se abre para o que está proibido.

Não quero que digamos um ao outro a verdade que guardamos: na nudez do pensamento não há graça, só intempérie. O que desejo é estar acima da minha nudez, mas se não veio me obrigar a falar, então por que veio?

De madrugada, um pássaro se estatelou contra o vidro e, já desperto, ouvi alguém caminhando pelo corredor. Abri a porta e encontrei minha mãe trotando de costas e desaparecendo no canto que dá para a sala.

       Sua trança subia e descia.
      Seus pés descalços golpeavam o chão.
Fiquei tomado de pavor.

Era Noa que trotava enquanto dormia, mas eu poderia ter jurado que tinha visto minha mãe.

Durante o café da manhã, contei a Nicole e ela me disse que minha filha estava sofrendo de sonambulismo havia dias.

      Começou no festival, ela me contou.

Minha mãe era sonâmbula.

Dizia que o que o corpo noturno fazia, o corpo diurno não deveria ver.

Eu estava quase me deitando quando vislumbrei uma sombra humana pela janela. A sombra estava quieta, mas assim que cheguei perto do vidro ela saiu correndo e eu peguei meu rifle.

A lua cheia me permitiu ver o exterior com clareza. Era uma noite fria e azulada, e eu estava descalço.

Sei o que meus olhos viram:
      um Diabluma com um cabresto
        internando-se na floresta.
Duas faces da região misteriosa em um só corpo.
        Duas línguas compridas.

Um homem que não era um homem, mas uma aparição de roupa puída e mãos sujas. A máscara queimada se precipitou no matagal como o reverso sórdido da floresta, e uma pedra voou perto de mim, seguindo seu rastro na folhagem. Era a amiga da minha filha jogando pedrinhas que rebotavam contra os troncos e penetravam na noite pálida.

Deixem a gente em paz!, gritou, sem saber para onde dirigir a voz.

Tomei-a pelos ombros com força e a obriguei a olhar para mim.

      Quem são eles?, perguntei-lhe aos gritos.

Nicole não disse nada. Desconfia de mim, mas agora temos os mesmos inimigos: cinco Diablumas que rondam o teto onde nos protegemos das intempéries.

Mesmo agora, que o amanhecer está a ponto de chegar, os animais balem.

Quero um manto que cubra minha solidão dos olhos que intuo por trás das árvores de yagual.
    Olhos escondidos atrás dos troncos vermelhos.
    Olhos que assaltam meu íntimo.
    Olhos do solstício.

Quando Noa era uma menina, sua palavra era transparente.
Às vezes, ela me perguntava:
você me ama, papi?
Você ama a mami?
E eu dizia que sim, mas já naquela época meu amor permanecia incompleto. Noa notava: podia ver que eu perdia a paciência e me isolava em mim mesmo com muita facilidade. Naqueles anos eu tinha meus pensamentos abertos para outro lugar, para o território da minha infância:
a chácara,
a montanha,
a floresta.
Só queria voltar para o lugar onde minha vida tinha começado. Pensei que nele poderia encontrar respostas para minha insatisfação e, embora não as tenha encontrado, o ninho é sempre um refúgio onde as coisas nascem e morrem na tibieza.

Da boca de Noa não saem mais palavras transparentes. À noite ouço-a caminhar no quarto da minha mãe e cantar suas canções como se quisesse me fazer mal.

Ser pai é ensinar à sua filha as dimensões do planeta, o verdadeiro tamanho do amor e da crueldade, mas eu não pude ensinar nada a ela. Não fiquei tempo suficiente para fazer isso. Só posso afugentar os Diablumas que se escondem na floresta e perturbam os animais, proteger minha filha e sua amiga daquilo de que estão fugindo, andar com meu rifle e atirar para o alto.

Nicole está de olho em qualquer movimento do lado de fora. Se ela ouve ou vê algo suspeito, vem correndo me buscar e juntos rodeamos a chácara para confirmar que não é nenhum Diabluma.

        Protegemos as janelas e portas.
          Soltamos os cachorros.

Noa não faz parte dessas medidas. Ela passa a maior parte do tempo com os monstros e com o livro da minha mãe, concentrada em assuntos que eu não posso nem quero imaginar. Às vezes ela sai para dar um passeio, nunca mais de uma hora. Nicole a espera junto à janela como Sansón me espera quando eu desapareço na floresta.

Minha filha desejou que eu a amasse, mas sei que não é mais o caso. Dividimos o mesmo espaço sem nos falarmos, respeitando os silêncios e segredos que compõem nossa intimidade e nossa diferença.

Acho que ela vai embora quando os Diablumas forem.
        Ela os conhece, é evidente.
Tenho de expulsá-los se quiser recuperar minha solidão.

As palavras que são pronunciadas violentam a divindade do silêncio.
>
> As palavras escritas a protegem.

No passado, fui engenheiro civil e fazia projetos para o Estado. Trabalhei assim quando Noa tinha apenas quatro anos. Alguns meses depois de começar, fui designado para construir parques em terrenos tomados por traficantes de terras que vendiam lotes para famílias sem recursos. Lá, as famílias levantavam frágeis casas de bambu, a única maneira de garantir um teto, e suportavam as extorsões de gangues armadas que exigiam pagamentos mensais.

Desalojamos mais de cem famílias, demolimos suas casas, e os traficantes ameaçaram nos matar.

O Estado nos deu guarda-costas.

Uma tarde, quando a equipe e eu estávamos a caminho de um dos terrenos, fomos seguidos por três motociclistas e tivemos que desviar da estrada. O motorista acelerou ziguezagueando pela estrada para evitar que nossos perseguidores ficassem do nosso lado. Foram vários minutos de tensão antes de perdê-los. Quando conseguimos respirar, vi que uma das minhas colegas chorava e outro estava com a cabeça entre as pernas.

Nesse mesmo dia pedi demissão.

É impossível viver neste país, disse-me Mariana.

Ela achava que eu tinha me demitido por causa dos assassinos, mas eu o fiz por causa dos pesadelos que os desalojamentos me causaram. Não me lembro de nenhuma das pessoas que deixamos na rua, não me atrevi a olhar para elas. No entanto, ainda ouço o pranto de crianças e mulheres que caíam no chão e pediam que parássemos. É um som que me afasta de Deus, que me diz que sou um homem apto para o mal, e não é o mal o que eu desejo, mas o bem.

Uma cidade agressiva e injusta deforma o caráter: você deixa de sentir o dano que causa e o que lhe causam, olha com receio para os outros, teme e odeia aquilo que teme.

O ódio é um defeito que Deus não perdoa.

Nas montanhas já não tenho pesadelos e, se tenho, esqueço-os sempre quando acordo.

São amigos ou inimigos da minha filha?

Os Diablumas que vigiam minha casa enfiados na floresta são perigosos ou apenas jovens fazendo uma piada que estou longe de entender?

Perguntei a Noa e ela ficou calada. A sensação de distância entre nós cresce a cada dia. No entanto, ela permanece aqui como se esperasse encontrar algo além dessa quietude. Não há nada nesta montanha a não ser uma vida baseada na rotina e na contemplação: uma vida que ama o que há no mundo a partir do lugar onde pode amá-lo. Muitas vezes me perguntei se subir a cordilheira não foi para mim uma forma de escapar da obrigação da amizade e do amor, mas neste lugar eu amo intensamente, como nunca antes me foi possível, e nem a tristeza nem a angústia reduzem esse sentimento amplo e puro.

Aqui, na floresta alta, sou um homem decente. Nada me tenta ao mal.

Por outro lado, lá embaixo, Mariana pedia para eu atirar em qualquer um que tentasse entrar na nossa casa.

Não lhes dê a menor oportunidade, dizia ela, não são pessoas: são ratos.

A três quarteirões de onde morávamos, dois ladrões assassinaram uma família inteira para roubar cinquenta dólares. Noa tinha sete anos e, naquela época, os bairros começaram a cuidar da própria segurança. Os terremotos e as erupções também se tornaram mais fortes e devastadores. O calor piorava tudo porque decompunha rapidamente os corpos sepultados pelos escombros ou jogados em estradas ou pendurados em pontes.

Na noite do linchamento, era a vez de Mariana e outros vizinhos patrulharem a área. Fui acordado pelos gritos daqueles que saíram de casa para bater no ladrão.

Da janela vi uma massa disforme que não continha sua fúria.

           Durou uma hora ou mais.

Em nenhum momento tiraram sua balaclava, mas, pelo tamanho do corpo no asfalto, poderia ter sido uma criança.

Os Diablumas que perseguem minha filha tampouco têm idade: poderiam ser adolescentes ou adultos, é irrelevante. O que importa é que uma balaclava ou uma máscara traz à tona rostos escondidos dentro dos homens, rostos que não buscam a Deus e que sorriem em horas noturnas, quando a vida é mais lenta e delicada.

Os Diablumas me lembram o que eu quero esquecer:
  um corpo pequeno e quebrado sobre o asfalto enquanto minha filha dormia na sua cama, tranquila.

Não perguntei a Mariana sobre o envolvimento dela no linchamento. Se este mundo me ensinou alguma coisa foi que há coisas que é melhor não saber. Talvez seja por isso que Noa se abstenha de me perguntar por que eu fui embora e por que vivo em completa solidão. Vivemos vidas separadas, apesar de compartilharmos o mesmo teto: ela explora o quarto e o livro de cantos da sua avó, eu passeio com Sansón e com os outros cães, alimento os animais e cozinho.

Nicole é a que está mais nervosa de nós três: limpa por cima do limpo, percorre a casa e olha pelas janelas em busca de Diablumas. Hoje me garantiu tê-los visto nas imediações da floresta, mas não consegui encontrá-los.

O medo mostra o rosto debaixo do rosto. Deve-se ter cuidado com o que sorri à noite, a razão nos diz. Deus sabe que tento ver vaga-lumes amarelos e verdes em vez do homem que está embaixo do que sou. Fecho os olhos e rezo pela beleza dos insetos e dos mamíferos. Deixo de lado o que há de turvo no meu passado e limpo meu coração de canções escuras.

Lembro-me: antes das máscaras, houve harmonia.
Em nenhum momento tiraram sua balaclava.
Pode ter sido um menino.

Todos os homens procuram estar em paz consigo mesmos, mas para encontrar Deus é necessário olhar para fora.
    Lá dentro, bem no fundo, encontramos uma sombra. Essa sombra é o contrário da esperança.
                        Eu contenho a minha nestas alturas;
                    meu lado de fora é a cordilheira.

Eu estava dormindo, mas os latidos dos cachorros me acordaram. Peguei meu rifle e, ainda tonto de sono, caminhei trôpego para a escuridão.

Três Diablumas correram em direções diferentes.

Atirei para o céu, e o barulho finalmente me trouxe de volta à consciência.

Corri atrás de um, o que levava o cabresto.

Gritei com ele que iria matá-lo, atirei a poucos metros do seu corpo, mas o Diabluma continuou a escapar e pular como se, em vez de fugir, dançasse.

Pouco antes de desaparecer montanha abaixo, virou-se para mim, mostrando-me um dos seus rostos ensombrecidos pela noite. Com o dedo, apontou para minha própria casa e vi que a janela do quarto da minha mãe estava aberta. Por ela se assomava Noa, conversando casualmente com um homem mascarado.

Não tive tempo de reagir.

Um novo Diabluma cruzou na minha frente e dançou com as pernas em forma de arco-íris, os braços à altura da cabeça e os calcanhares golpeando a terra.

Sua dança festiva pôs a madrugada em mim.

O céu e sua escuridão inundaram meus olhos e, de repente, tive a penumbra dentro de mim, acima, abaixo e ao redor. Não me reconheci quando abaixei meu rifle e recuei, embora o que mais eu poderia ter feito?

O garoto se despediu agitando sua mão no ar.

De dentro da casa, Noa fechou a janela.

Quando entrei, ouvi-a cantar um dos cantos da minha mãe, mas duas vozes soaram na sua voz: uma jovem e uma velha.

Nenhuma delas era a da minha filha.

PARTE V

KAPAK URKU

Ano 5550, calendário andino

NICOLE

De manhã, o Valle de Collanes era diferente de como o havíamos percebido à noite. Luminoso e verde, estendia-se para além do horizonte com o som da água e o canto dos falcões e melros. Tinha pedras grandes, cascatas que caíam do alto do vulcão e áreas de pastagens que me lembravam o páramo do Chimborazo. Pedro, Carla, Noa e eu o atravessamos no meio da escuridão, às cegas, perdidos do resto do grupo, e sentimos que era assim que o inferno deveria ser: um lugar imenso, frio e sem cor onde um passo em falso poderia te enterrar. Peguei Noa pelo braço para que pudéssemos nos proteger. Nossas pernas, os braços, os lábios tremiam, e víamos silhuetas bestiais que na verdade eram pedras.

Caralho, caralho, caralho, caralho, soltava Carla a cada poucos minutos até que chegamos aonde os outros estavam acampados.

Ao amanhecer, saímos das tendas em resposta ao chamado do Poeta. A floresta nos cantou uma canção e eram as cantoras que tinham ido urinar entre os polylepis, que cresciam como cabelos de bruxas. A vista do vale era harmoniosa, mas havia algo ameaçador nas rochas e na água, na extensão dos riachos e na amplitude do espaço onde éramos os únicos seres humanos.

Noa e eu começamos a tomar café da manhã e o Poeta aproveitou para nos dizer: preparem-se, porque agora a experiência mais foda da vida de vocês está chegando.

Ainda faltavam duas horas de caminhada íngreme até a Laguna Amarilla. Pam e Fabio foram os últimos a acordar. Mario, Adriana, Julián, Pedro e Carla os esperavam do lado de fora, contentes, mas eu queria me desafogar sem que ninguém me visse, então entrei no mato, sentei e chorei. Eu queria ir embora da montanha, voltar para um lugar que eu pudesse reconhecer como meu. Não me importava com os carros-bomba nem com os mortos de Guayaquil: uma pessoa pode se acostumar com tudo, menos com o desamparo que leva dentro de si e, no meio do vale, aparentemente afastada da violência, me senti impotente.

Tudo está indo à merda, eu disse a Noa antes do amanhecer, a gente devia voltar para casa, e ela respondeu com compaixão: nossas casas estão em chamas, Nico. Não há para onde voltar.

Noa e eu havíamos escapado da solidão muitas vezes, mas na cordilheira estivemos sozinhas, como se não soubéssemos nada de verdadeiro uma sobre a outra. A culpa era do grupo, do yachak, das cantoras e do Poeta, ou assim eu queria acreditar porque era mais fácil culpá-los do que aceitar que nossa amizade não tinha sido nem um remédio nem uma salvação definitiva. Nossa amizade não nos ofereceu uma saída para a dor, o medo ou a morte. Ninguém pode nos redimir, mesmo que ainda esperemos que as pessoas que amamos o façam.

Quando cantamos algo perdido, ele nos é devolvido, disse certa vez o Poeta. Nas canções está o que nos torna belos, mas não indefesos, minhas runas: não indefesos porque cantando resistimos e evitamos nos tornar o que odiamos. Cantando fazemos um novo lar. Ñawpa pachapi!

Rapidamente desmontamos as barracas, pegamos os sacos de dormir e as mochilas e fomos até a trilha. Ao longe, vimos cavalos pastando à beira do rio, nuvens de insetos, veados-de-cauda-branca e coelhos pulando nas colinas.

Vimos beija-flores.

Vimos dois condores sobrevoando os picos do vulcão.

Antes, El Altar era muito alto, disse uma das cantoras, mais alto que o tayta, só que o Chimborazo o derrubou por ciúmes. E outra cantou: os vulcões contam histórias de amor, ah, eles têm vozes ardentes.

O Poeta e seus amigos caminhavam contentes, e seu bom humor me ofendeu. Foram eles que nos levaram até lá, àquele vale escondido e ruinoso que parecia ser o lugar onde os mortos iam parar. Em questão de minutos eles voltaram a nos deixar para trás e a altitude começou a me afetar, ou talvez fosse cansaço, mas eu escondi o melhor que pude porque não queria preocupar Noa. Chegamos a uma borda onde mal cabiam nossos pés e tivemos de atravessá-la um a um ouvindo os gritos e aplausos daqueles que a haviam superado. A queda era de cinco metros e eu pensei que não conseguiríamos: tinha medo de escorregar e quebrar o pescoço ou que Noa escorregasse e quebrasse o pescoço. Nada disso aconteceu. Nos agarramos às pedras que cortavam nossos dedos e subimos por uma parede onde minhas pernas voltaram a tremer. Tive a sensação de que meus músculos poderiam parar de responder a qualquer instante, mas Mario nos ajudou a subir e, depois de caminhar por um pequeno trecho pedregoso, chegamos à cratera.

Que animal!, disse Pam, olhando para a paisagem e se libertando do peso de sua mochila. Que bestialidade!

As dimensões da caldeira entraram em minha mente como um devaneio. Estávamos a mais de quatro mil metros de altura, e os nove picos de El Altar pareciam deuses chorando sobre a lagoa. Havia poucas nuvens, então o sol pôde entrar e nos deixar ver o fundo de basalto inundado com o sangue das geleiras. Nunca tinha sentido medo diante da beleza. Essa montanha não foi feita para a vida humana, pensei, as montanhas se elevam até atravessar as nuvens porque querem se afastar de nós. Se as perturbarmos, elas nos destruirão.

É demais, eu disse a Noa, e ela sorriu para mim, achando que eu estava falando com alegria.

O grupo desceu até a lagoa seguindo os passos do Poeta, que tirou a roupa para nadar nu. Seus amigos o imitaram, entre eles Adriana e Julián. Todos estavam com o nariz vermelho por causa do sol, embora o céu já tivesse começado a nublar novamente. Fiquei observando o Poeta e seu pessoal nadarem na água gelada. O frio quase não lhes importava, brincavam sem nenhuma preocupação e tinham chakanas tatuadas nos ombros, as mesmas usadas pelas meninas que nos falaram do Poeta pela primeira vez. Lembrei-me de suas tatuagens idênticas às de Pantaguano e de seus amigos e, de repente, tive certeza de que sabia quem eram.

Não deveríamos ter vindo, eu disse a Noa imediatamente, mas Pam ouviu e disse:

Então você percebeu.

Hein?, perguntou Fabio.

São eles, disse Carla. Perceba: são eles.

Os desaparecidos saíram da lagoa alguns minutos depois e secaram-se como puderam, tremendo de frio, rindo, correndo e escalando as rochas onde a luz do sol batia com mais força. O Poeta, por sua vez, aproximou-se de nós nu e com um entusiasmo quase infantil.

Vejamos, disse ele, deixando a água pingar nas pedras: eu lhes ofereço duas maneiras de viver o que vamos viver. Ou com a música e a dança, ou com a música, a dança e uma ajudinha. Vocês que mandam, minhas runas, o que importa é alcançar o estado de expansão da consciência: isso é a arte. Como consegui-la, depende de vocês.

Olhei para Noa e os outros enquanto ele tirava uma garrafa térmica azul de sua mochila.

É um preparado especial, disse, piscando para nós. Chicha zombie.

Estávamos em um lugar desolado e acidentado, a um dia de caminhada da civilização, com pessoas que não conhecíamos bem. Não era o melhor momento nem o lugar para nos drogarmos.

Achei que os outros pensariam o mesmo, mas não foi assim.

MARIO

Eu disse que a dança e a música eram suficientes para mim. Disse que com a dança a pessoa se abria para um processo mental afortunado, e assim foi. Era assim que eram sentidos os saltos furiosos do Diabluma. Você pulava e sua cabeça ia parar no coração, e seu coração na cabeça. Beberagens não são necessárias para o arrebatamento, eu disse, é preciso corpo e ritmo. É preciso vontade. É preciso ousadia. As pessoas pegaram seus instrumentos e eu me vesti de diabo de espírito. Não de diabo mau, mas de diabo rebelde. Vesti minha jaqueta e minha máscara. Peguei meu chicote e golpeei as pedras.

Até as pedras dançam no festival do Inti, eu disse. Nada fica parado.

As cantoras me ouviram e cantaram, despertando o wayra. Os tambores, as chajchas, o violão e os rondadores entraram na festa depois. O sol estava furioso e todos nós gritávamos: Kapak Urku!, porque esse é o verdadeiro nome do vulcão, bem se sabe. Kapak Urku! Kapak Urku!

A música era feia no começo. Nem a Pamela e o Fabio se coordenavam, nem o Fabio com as cantoras, nem as cantoras com o Poeta, que tocava violão muito mal. Cada um ia ofendendo o silêncio das geleiras, cada um ignorando o som do outro. Para a música valer a pena, os sons têm de ser amados, é assim que é. A Adriana, o Julián, os Diablumas e eu dançamos até que um ritmo assustador trouxe a neblina. Um ritmo tímido que tapou o sol.

Muitos de nós tínhamos a máscara do Diabluma, mas poucos dançamos. Porque era difícil com as pernas cansadas.

Estava muito frio, só que o calor veio com a dança e não sofremos mais, apenas nos entregamos. A gente se entrega rapidinho à canção do corpo: aquela que diz que você é luz e trevas, aquela que guarda o silêncio. O estranho acontece quando a respiração muda. O estranho acontece quando você ouve a voz.

CANTORAS

A canção do tempo

O que é a voz? A perda é. O que é a voz? A falta é. O que é a voz? O abandono é. O que é a voz? A tristeza é. Uma voz nova e celestial nasce do coração. É uma voz que abre o sexo da montanha com seu velho canto. Ela canta o grande poema do sol, canta o poema do sangue, e o canto diz: temos medo porque amamos, temos medo porque somos vulneráveis, temos medo porque vamos morrer. O que é a voz? O parto é. O que é a voz? A ternura é. Xamãs elétricos cavalgam tormentas na cordilheira. Cavalgam raios, cavalgam trovões. Há uma voz que canta, vinda do mais profundo, a velha canção do tempo, e o canto diz: o corpo é uma festa que se constrói sobre o luto. O canto canta: o medo é belo porque amamos, porque somos vulneráveis, porque vamos morrer. O tempo canta a grande canção do corpo. O poema do sol treme do fundo da água: a vida aquática é breve, ah, mas as montanhas são eternas. A voz da água entra no sexo aberto das montanhas. O pequeno entra no gigante, o fugaz no eterno. A força é a voz que diz: escute-me, trago vivo o animal do tempo. Um canto antigo é. Um canto de garra. Ouça-me: a voz é escura, mas resplandece. Ouça-me: estar a salvo não é viver. O que é a voz? O medo é. O que é a voz? A paixão é. O que é a voz? A festa do sol é.

PAMELA

Vamos ver se consigo explicar: o que eu queria era o êxtase, não a viagem alucinógena que Fabio, Noa, Pedro, Carla, Adriana, Julián, o Poeta e o resto de sua turma tiveram. Você pode viajar assim sempre que sentir vontade e é tremendo, é brutal, mas o que eu queria era a música prenunciando meu futuro, me chamando para a água como o canto das sereias e me afogando, sim, porque o amor pela música tem algo de amor pela morte e também de amor pela vida: são duas coisas que andam juntas, dois pulmões que trabalham ao mesmo tempo, dois condores cuidando de seu ninho e o ninho é o corpo. Eu buscava a iluminação sonora que me fizesse ver algo além do desmoronamento do mundo, algo mais que o apocalipse de erupções, terremotos e assassinatos que estávamos vivendo, uma possibilidade, uma porta aberta para a beleza, tá ligado?, porque se uma coisa é certa é que a beleza estava nas ruínas de El Altar e aquele vulcão era nosso waka, o espaço sagrado onde a música fez sua magia transformadora, a catedral das geleiras e dos picos de pedra preta onde encontramos entusiasmo suficiente para continuar com a vida. No meio de tanta feiura, a beleza é necessária, e fomos procurá-la sem saber que os belos éramos nós, cavoucando a terra para tocar o esplêndido, e esta é a verdade: que a música ama a morte porque a vence e ama a vida porque a eleva. Éramos belos indo em direção à beleza e quando a música começou a tocar não tivemos medo. Os Diablumas sapatearam sobre a grama amarela da cratera com as pernas abertas e curvadas, os braços girando para os lados, para cima e para baixo, e seu ritmo não tinha nada a ver com o de nossos instrumentos, era um caos, um despropósito, até que nossos corações se uniram e foi lindo, lindo. Senti e ouvi: o pulso de meu tambor era o da caja ronca e o dos chajchas e o do rondador e o do violão, um ritmo magnético e vertiginoso que tinha um pouco de sanjuanito e muito de experimentação. A trip de Carla a fez imitar o som do sol com sua própria voz: o Inti soa igual à vibração do peito, ela disse, é como o Om do hinduísmo, o primeiro som da criação, ooooooooooooooooooooooooooo ommmmmmmmmmmmmmmmmmmmmmmmmmm mmmmmmmmmmmmmmmmmmmmmmmmmmmm mmmmmmmmmmmmmmmmmmmmmmmmmmmm mmmmmmmmmmmmmmmmmmmmmmmmmmmm mmmmmmmmmmmmmmmmmmmmmmmmmmmm mmmmmmmmmmmmmmmmmmmmmmmmmmmm mmmmmmmmmmmmmmmmmmmmmmmmmmmm mmmmmmmmmmmmmmmmmmmmmmmmmmmm mmmmmmmmmmmmmmmmmmmmmmmmmmmm mmmmmmmmmmmmmmmmmmmmmmmmmmmm mmmmmmmmmmmmmmmmmmmmmmmmmmmm mmmmmmmmmmmmmmmmmmmmmmmmmmmm mmmmmmmmmmmmmmmmmmmmmmmmmmmm mm, e eu lhe disse: porra, cala a boca, ninguém pode falar agora, ninguém!, e as cantoras cantaram que houve centenas de cantos em El Altar antes dos delas, centenas de vozes que continuavam ali flutuando como fantasmas, como ondas imperceptíveis ao ouvido humano resistindo ao tempo, porque um canto é um chamado que demora bastante para morrer, tá ligado?, um canto é um chamado que você não sabe de onde vem. Elas cantaram com técnicas vocais de saltos bruscos, vozes roucas e forçadas, tremores e percussões na laringe, e de repente eu as vi fazer uma coisa espantosa: eu as vi cravar os dedos no músculo da voz e apertar como se tivessem cordas na garganta, cravar os dedos no pescoço como os Xamãs em seus baixos e guitarras elétricas durante os shows.

Parecia muito doloroso, sim, mas elas se machucavam para que lhes saíssem vozes flageladas que pareciam ser uma única voz: uma única voz que crescia como o batimento cardíaco de minhe filhe, um som divino e aterrorizante que ninguém queria ouvir, mas eu sentia, eu queria sentir a noite ardente de meu coração mesmo que fosse perigoso, mesmo que isso me apavorasse e me fizesse fechar os olhos. Bati meu tambor e naquele momento de música indócil vi Noa com os olhos muito brancos trazendo a tempestade com sua própria voz.

PEDRO

Carla e eu bebemos do que o Poeta nos deu, ficamos de mãos dadas e sentamos para esperar. Estávamos cansados, mas as dimensões da cratera fizeram Carla chorar de emoção.

Quero que vejamos o país inteiro juntos, disse-me.

Muitos de seus lugares favoritos estavam sendo destruídos pelo calor crescente e pela guerra. Se eu pensar nisso, estou feliz por termos visto El Altar e o tayta antes da Grande Erupção. Você se alegra com coisas assim quando já não há futuro com que se alegrar.

Na caldeira, ouvimos música e assistimos à dança dos Diablumas por quase uma hora sem sentir nada de diferente. O vulcão morto era majestoso, como se tivesse sido retirado de um planeta onde a vida estava apenas se formando. Falamos disso em voz baixa e a dor de estômago veio aos poucos. Nossa barriga queimou e nossas pernas formigaram. Tonto, com o corpo em chamas, caminhei em direção ao Poeta, que tocava violão sentado em uma pedra. Ele estava murmurando uma canção em quíchua que eu entendi como se fosse espanhol.

Eu sei quíchua!, gritei a Carla, mas quando me virei a neblina não me deixou vê-la nem a ninguém.

Eu me perdi. Só conseguia ouvir a música acelerada, os pulos dos dançarinos e a canção do Poeta:

> *Há sereias com charangos,*
> *quenas e rondadores.*
> *Cantam nas águas dos vulcões*
> *huaynos, sanjuanitos e yaravíes.*

Ananay, ananay.

Sereias andinas protegem
o canto das baleias.
Sereias cantam nos Andes.

Ananay, ananay.

Seus vulcões sonham com o mar,
Sonham com o mar.

    Empurrei as nuvens com as mãos, avancei aos tropeços até molhar os pés na água da lagoa. A voz do Poeta soava alta e ecoava contra as paredes de pedra da cratera.
    Há sereias pré-colombianas!, cantou. Sereias nadam nos lagos dos vulcões!
    Então, das profundezas da lagoa, surgiu uma enorme baleia que tinha o torso e a cabeça de uma mulher.

MARIO

Brinquei sem ver a Adriana ou o Julián. Apenas um momento eu vi o que eles estavam fazendo, e não era a dança de uma cabeça de diabo incendiada pelo sol, não: era uma convulsão, uma dança de pranto e gargalhadas. Saltei e rodei, abri os braços e fechei-os. A exaustão é difícil, só que a dor passa. Tudo passa. Ouvi as cantoras, mas também não consegui vê-las por causa do nevoeiro. Eu não as vi e me perguntei se o que meus ouvidos escutavam existia.
    É assustador não saber de onde vem um canto.
    Kulun, kulun, kulun!, cantaram as cantoras, com os pés fincados na lagoa. Cantar torna o choro mais doce! Kulun, kulun, kulun!
    Uma delas chapinhou a água. Ela disse: cantamos para dar ânimo uns aos outros. Cantamos para afugentar o medo.
    Com minha dança comecei a criar um lamento alegre. Foi isto que o arrebatamento me impôs: alguns movimentos que eu não conhecia. Meus pés levitaram. É o espírito que dança, não o corpo, eu disse a mim mesmo. Inventei o Kapak Urku de novo, afundei-o todinho com meus saltos. Dei-lhe a forma da minha mente. Os picos da montanha tremeram. Eu estava agitado, não vi a Adriana sair da neblina, mas quando ela colidiu comigo de repente a voz da Noa caiu sobre nós.

PAMELA

As pessoas estavam enlouquecidas dançando e brincando, enlouquecidas de verdade, e eu tinha a loucura nas mãos e a esmagava contra a pele esticada do veado, a membrana macia de meu tambor que não parava de tremer e gerar ondas invisíveis, ondas fantasmagóricas que se enfiavam dentro dos meus ossos. Senti que aquelas ondas invocam algo no fundo do planeta, transformando o coração de minhe filhe e o meu em um órgão sensível ao sobrenatural. Minhas mãos golpearam super-rápido a morte do veado porque era assim que meu pulso ia, veloz, veloz, e Fabio fez o mesmo com sua caja ronca cheia de cabeças reduzidas, de tzantzas minúsculas com cabelos longos que quicavam e quicavam contra a madeira. Juro que os crânios começaram a fazer um som aterrorizante, um canto de sussurros cada vez mais fortes, e apesar da neblina vi os dançarinos se contorcendo à beira da lagoa enquanto nossos corpos respiravam vigorosos. Um tambor levanta os mortos da terra, tá ligado?, um tambor abre os túmulos para trazer à tona as vozes do além, é um instrumento que tece uma ponte de som com o outro mundo. Por um tempo ouvi os cascos das chajchas, o violão furioso, o rondador, a caja ronca, os cantos flagelados das cantoras, e já não senti meus braços, mas eles se moveram sozinhos, e foi nesse momento que voltei a prestar atenção em Noa, que estava com os olhos para trás, em branco, ou seja, estava cega e achava que ouvia o indescritível como em seus sonhos, só que conosco, é claro, e, embora a tempestade ameaçasse cair sobre nós, ela ficou quieta na lagoa como uma aparição musical, um espectro da montanha e da névoa. Houve um momento em que os relâmpagos encheram meus olhos, os trovões ressoaram no céu e a neblina não me deixou ver nada até que a voz de Noa escureceu o sol, e eu sei que não é possível, eu sei que foi por causa do estado em que eu estava, suando na caldeira fria do vulcão, embriagada de percussão e de trovões e do sol encoberto pelas nuvens. Eu sei que isso não aconteceu, e o que importa?, se foi isso que a música me fez ver.

PEDRO

A baleia-sereia dava saltos sobre a lagoa e voltava a afundar sem provocar uma única onda. Sua pele mudava de preto para branco, de branco para amarelo, de amarelo para azul, e suas barbatanas eram as asas abertas de um condor. Queria mostrar para Carla o prodígio de uma sereia nadando na cratera de um vulcão, mas ela tinha desaparecido. Eu me senti ameaçado: não sabia como nos proteger da tempestade que se aproximava. Estávamos perdidos um do outro, apesar de nos amarmos. Apesar de estar o mais próximo possível de alguém, não conseguíamos nos ver nem nos ouvir ou saber o que o outro queria. Também não podíamos nos salvar dessa distância, porque era a que nos correspondia. Nós alucinávamos separadamente, éramos dois e não um.

Eu tinha soltado a mão de Carla achando que ela podia regressar, mas às vezes ir embora significa desistir de voltar.

Observando a baleia-sereia, sua vida radiante a cada aparição, vi coisas incríveis na água: minha infância, o assassinato de meu pai e de meus amigos, a companhia de Carla e seu amor pelas estrelas, pelos planetas e pelas galáxias. Vi nossa música, nossas danças, meu desejo por outras mulheres, os rostos dos mortos que eu não conseguia esquecer e, embebido daquelas imagens, pensei no bom, no ruim e no terrível: quão antigas eram as montanhas e os vulcões, quão velhas eram as águas, os penhascos, as rochas, os vales, as nuvens, o céu e o sol. Pensei em quão antigo era o canto que saía das baleias, um canto do tamanho do universo que incitava os pés a elevar suas próprias vozes. Nunca tinha escutado uma música oceânica, geológica e intergaláctica. Até os meteoritos cantaram no espaço, e eu escutei atônito a música deles. As pedras gritaram suas notas milenares, e eu as vi se mover em direção ao centro da caldeira de El Altar. Testemunhei uma cerimônia, mas aquela música não era minha e seus sons me alarmaram.

Eu me vi sozinho, chamando Carla sem que ela me respondesse em meio a grandes devastações. Essa foi a premonição que o vulcão pôs em mim.

MARIO

A neblina nos fez chocar um contra o outro e gostamos muito. Impulsionar-se com força é muito prazeroso. Peguei a mão da Adriana e do Julián. Éramos os diabos da montanha, as cabeças espirituais rodopiando na grande festa do sol. Falar era proibido: um Diabluma guarda o silêncio, então eles se desprenderam de mim e sua dança frenética me assustou. Eles uivaram. Eles se lançaram à beira da água. Eles se dobraram. Formaram arcos, redemoinhos. Fizeram gestos com as mãos. A Adriana fez voar os cabelos em círculos o mais rápido que pôde, andando ao contrário. O Julián bateu os dentes como se fossem castanholas. Estavam febris, eletrizados, então. Eles deram seus ossos para a água porque seus esqueletos se converteram em água. Um delírio selvagem foi o deles, um delírio diferente do da dança solar.

Por trás da neblina vi o Pedro sozinho, andando como um bêbado. Falava de sereias e baleias e apontou para a lagoa onde a Adriana e o Julián dançavam.

As cantoras cantaram: kulun, chapinhando a água.

Meus parças dobraram as costas, aproximaram a testa do chão. Desencarnaram, digo. Se desencarnaram, digo. Ouvi o sangue nos tímpanos por causa da voz aberta da Noa. Medo foi o que senti pelo seu canto sem corpo. Ela tinha uma voz de duas línguas, mas eu comecei a procurá-la mesmo assim.

Fora de mim, fui, abraçado à luz e às trevas do seu canto. A máscara do Diabluma se agarrou à minha pele e senti purinha plenitude demoníaca, purinhazinha glória escura.

    A música e a dança são a arte da pulsação. Tempo, energia e espaço. Mente, corpo e coração. Dançando até a morte eu me vi e depois da morte eu vi a dança das montanhas. A dança dos vulcões. Esse futuro era lindo. Estamos juntos e estamos sozinhos, é assim que é.

PAMELA

Eu não estava pronta para o sofrimento do ventre, não, mesmo que já estivéssemos havia horas nas nuvens, tocando, dançando, ofegando e gritando, e o que mais poderia acontecer além da dor, o que mais além do prazer que vem com ela? Começara a garoar e a água soava como milhares de anos de evolução, um encantamento que entrava no meu tambor como o trovão que acentuava as vozes das tzantzas da caja ronca de Fabio. Ele também havia tomado o que o Poeta nos ofereceu e eu o escutei delirando sem deixar de lado sua caja, óbvio, ele estava absolutamente comprometido com o som que clama pela morte, com as cabecinhas de quatro inimigos dos shuares rebotando no interior por causa da vibração dos golpes. A questão é que de repente eu ouvi os mortos ressuscitados por meu tambor e pelo canto de Noa, a força da música se conectando com o mundo dos espíritos, e me assustei, claro que sim, claro que fazia sentido que em minha jornada interior eu ouvisse aqueles que se foram, meu irmãozinho lindo, todos cantando do além uma música parecida ao yaraví, mas em um idioma ininteligível, porque é isso que acontece quando você morre: você ganha uma língua que só pode ser entendida no outro mundo, é incrível. Incrível que os raios caíssem como se a voz de Noa os parisse. Nenhum de nós era particularmente talentoso, mas estávamos lá morrendo de vontade de escutar para salvar nossos ouvidos, tá ligado? Quero dizer que o espiritual é ouvir e que ouvir é mágico, que um som é Deus e também um fantasma que traz o invisível e se enfia lá dentro, muito no fundo, e que qualquer um pode estar possuído pelos sons e transformar seus males em uma melodia, um ritmo, um canto. A música pensa melhor que a cabeça porque não sabe temer, vai para onde o pensamento tem medo e nos leva de volta ao início: às histórias que contam que os cantos saem dos corpos quebrados, que unem o desunido e costuram o descosturado, que os instrumentos não soam, mas cantam. Ouvi no meu tambor o canto do veado e dos músicos jovens que foram atraídos pela sereia, mas também o dos soterrados pelos terremotos e erupções, o dos que morriam nas ruas e em casa por causa da injustiça e da fome, sim. Aqueles de nós que estivemos em El Altar fizemos uma coisa contra a morte: permanecer vivos, despertos e brilhantes aos pés do raio e da tempestade, e foi assim que me veio à mente um momento no Valle de Collanes ao entardecer, quando Fabio, Adriana, Mario, Julián e eu íamos quase correndo em direção à floresta de polylepis e vimos uma raposa se alimentando de um vulto preto, pretíssimo, que era um cavalo bebê que nasceu morto. O transe traz lembranças, tá ligado?, e me lembrei dos olhos da raposa, do sangue no focinho, do potro pequeno aberto junto ao riacho, e pensei que aquilo era um sacrifício que perpetuava a vida, um evento necessário, uma parte inevitável e gloriosa do ciclo da natureza. A música é sobre esse sacrifício e se alimenta do que se perde igual à raposa: faz que a dor seja raivosa e comovente e até alegre, sim, porque se a sentimos é que ainda temos algo dentro de nós que nos faz cantar, algo sensível disposto a surgir das cinzas para voltar de outra forma. A festa se arma sobre o que foi perdido e o que vamos perder, dizia Mario com toda a razão do mundo, o ruim é que nada realmente revive e o que está perdido nunca regressa a não ser seu fantasma, mas a música pede um sacrifício e uma ressurreição, exige que a vida continue depois da morte e nos assegura que o poder de matar não é nada perto do poder de conjurar. Ele nos diz: um assassino é pouco comparado com aquele que devolve a vida a um morto. Acho que Noa entendia isso muito bem e, portanto, cantou duas notas, um canto difônico que fortaleceu as pontadas de meu ventre. Com as mãos estendidas, os olhos brancos e os raios estalando no céu, ela entoou como uma grande xamã elétrica atravessada pela vontade criativa e iluminadora do sofrimento, e os mortos a imitaram em uma língua diferente da falada, uma plenamente musical que entrou em meu útero, uma música que foi toda morte chamando meu desejo mais profundo. Sei que tocarei com meus mortos até o dia em que me juntar a eles em um cântaro de barro, a origem que é ventre e sepultura, e me decompuser como os que estiveram e os que virão, mas na montanha descobri recentemente e, chorando, olhei para meu corpo de raposa que estava havia horas derramando o sangue sacrificial de minhe filhe sobre as pedras.

PEDRO

Perdi Carla no vulcão onde a sereia elevou uma canção petrificante. A música dela me impediu de andar. A dureza passou de meus ossos para meus músculos: fui uma pedra humana, depois apenas uma pedra fria e cinza atravessada por raios cósmicos. Fiquei com medo de minha própria imobilidade e de não poder ir buscar Carla. Ouvi os sons entoados pelas rochas da terra e do espaço. Milhares de anos se passaram diante de meus olhos. Voltei ao início de minha vida como pedra, quando fazia parte do vulcão e ele ainda estava ativo, mas os cantos me impeliram para a própria origem da cordilheira andina. Vi a Placa de Nazca introduzindo-se sob o continente, a elevação das montanhas e o surgimento dos vulcões: milhões de anos em questão de minutos, do Cretáceo ao século XV, a última erupção de El Altar, e o vi morrer comigo em sua caldeira, extinto como qualquer estrela da Via Láctea. Meu corpo amoleceu e endureceu nesse tempo, então as vozes me arrastaram novamente para trás e eu vi a terra se formando, um amontoado de rochas quentes que secaram e se tornaram sólidas para conter a água. Lá estava eu, mas sendo uma rocha quebrada em várias pedras litófonas onde se escreveram canções hurritas, orações ao milho, hinos délficos a Apolo. Sofri a ferida das palavras em minha aspereza, os golpes para tirar de mim uma voz, o rasgado e o polido contínuos até que uma mão de macaco evoluído criou uma Vênus de Valdivia bicéfala e uma faca com minha matéria, uma Vênus chocalha e uma Vênus coruja. De meu sexo saiu um San Biritute e na minha pele foram pintados o céu e o grande feiticeiro:

um xamã metade homem, metade urso, cavalo, veado e bisão. Fui a primeira tela da noturnidade da gruta, a pedra-mãe onde o homem quis perdurar. Não sei muito, mas sei disto: o mineral persiste mesmo quando a gente se vai. Estive em centenas de formações como o Ouvido do Chimborazo e esperei por séculos junto às pastagens e à areia, rodeado de alpacas e beija-flores, com a barriga cheia de oferendas. Também fui às ruínas de Ingapirka antes que se convertessem em ruínas, encarnei pedras com petróglifos esculpidos e estive na erupção dos vulcões Corazón, Ilaló, Carihuairazo, Reventador e Pululahua. Habitei a floresta de Puyango durante a petrificação de suas árvores, tornei-me um tronco araucário e ósseo por causa dos cataclismos e tomei a forma de folhas, conchas, amêijoas, caracóis e amonites. Uma folha transformada em pedra é milagrosa porque o mineral lhe ensina o espírito da duração. Também fui a Casa do Condor de Pedra, o Kuntur Rumi Wasi, os rostos de Huasipamba, e observei sessenta mil anos de mudanças na paisagem em questão de minutos. Os canharis se inclinaram diante de mim, acreditando que eu era um bom deus feito de rocha, e eu não quis enganá-los, mas dizer-lhes que eu era uma folha, um pedaço de asteroide, um certo Pedro do futuro, mas uma pedra não tem língua e só canta. Voltei para o Chimborazo, quiquei no chão e aldeias inteiras me adoraram, oferecendo-me suas lhamas e seus filhos. Uma eternidade se passou e a vida me deu montanhistas. Eu fazia parte do cume e às vezes caí sobre homens e mulheres que ficaram um tempo comigo. Não sei como tinha olhos, mas sendo uma pedra eu me olhei no Ruído e em um piscar de olhos fui transformado em um dos picos de El Altar sustentando o peso de um velho condor. Diante desse tempo geológico, a vida de Carla foi mais curta do que os dias de floração de uma chuquiraga. O canto da baleia-sereia na lagoa me pediu a proteção daquela flor e o fez com sons, não com palavras. Cada som foi uma flor crescendo no ventre de pedras e meteoritos. Vi aquilo sem conseguir me mexer, mas Carla me encontrou, me disse que eu me levantasse e sua voz me tornou humano outra vez. Fui pessoa e tive a sensação de que ela morreria logo ou que eu morreria, que ela me deixaria ou que eu a deixaria. Pressenti o que ia acontecer conosco, não os detalhes, mas a experiência geral. A carne não dura tanto quanto as pedras, e isso é triste. O amor não pode ser petrificado, é apenas uma flor e não sobrevive cem anos, não alcança a idade da obsidiana, nem a do gelo do Chimborazo, nem a dos picos de El Altar. O amor é mais curto que nós, pode chegar a ser maior, porém nunca mais velho. Chorei aos pés de Carla e lembro-me de lhe dizer: espero que a morte venha a mim quando o que eu sinto por você acabar. É atroz sobreviver ao que nos torna delicados, é pavoroso que a vida continue depois. Eu não queria que a gente terminasse, Carla. Por você, fui humano de novo.

MARIO

Ouviu-se um relincho muito perto de nós, só que um cavalo não consegue subir até a lagoa, de jeito nenhum. Eu disse a mim mesmo: ele veio de longe. Os trovões confundem o ouvido, bem se sabe, só que eu tinha visto a Noa com seus olhos brancos de égua cega cavalgando em cima dos nossos pesadelos. Seus olhos traziam os relâmpagos. Apesar do medo, continuei a dançar em direção à luz.

Com o corpo e o pensamento arrebatados, dancei. Bati nas pedras com meu chicote e em nome do Inti elas dançaram.

A montanha dançava, a terra dançava, a lagoa dançava. Quando você pula, tudinho se move. Novas pupilas saem do seu crânio: é a segunda face do Diabluma, aquela que olha pelas costas.

Respirei duas vezes. Flutuei.

Uma máscara queimada passou ao meu lado recitando. Um Diabluma com um rosto queimado que era o Poeta firmemente preso ao seu instrumento. Dançou com os pés descalços e as mãos sujas. Cantou poemas de baleias-jubarte e sereias andinas nadando nos vulcões nevados.

O poder do som é maior que o do sentido, isso bem se sabe.

Sapateei no vulcão junto ao canto descarrilado da Noa. Um canto que ia para trás e para a frente: uma voz dupla, uma canção e um relincho como o longo diabo do vulcão. Da garganta de Noa saiu sua primeira voz para a frente, sua segunda voz para trás. Passado e futuro, então. Passado e futuro no Kapak Urku.

Dizem que a música traz à tona o doloroso e o mostra, só que sem resolvê-lo. Não queríamos resolver nada, só queríamos nos comover. Olhei fixamente para a Adriana e o Julián: suas contorções, suas costas arqueadas e a cabeça querendo alcançar a terra. Cair para trás é muito difícil quando o corpo está todinho presente. Não queríamos apagar a dor, apenas sobreviver aos relâmpagos. Digo que um pesadelo é sombrio, mas ilumina uma dança da mente. Cria danças endiabradas que nos fazem amar a vida. Se não temos casa, se nos sentimos sozinhos, é porque carregamos amores fracos no coração. O que importa é a dança: quem dança ama muito.

Senti compaixão por nós. O mal do raio é saber que depois do relâmpago a noite continua.

O futuro é a dança!, gritei, quebrando o silêncio do Diabluma.

Era necessário: a dança faz do corpo uma casa.

PARTE VI

CADERNOS DA FLORESTA ALTA III

Ano 5540, calendário andino

O medo respira no fundo de um homem desde o momento em que ele nasce até morrer, mas foi Deus quem pôs ali o medo para que o homem encontre a si mesmo.

É um espelho preciso. Reflete o passado e aquela palavra que foi pronunciada várias gerações antes de nascermos.

A música convoca essa palavra.

Basta ser sensível aos sons da floresta para entender a diferença entre um canto natural e um sobrenatural. As canções da minha mãe tocam no medo que Deus pôs nos homens e o confortam, mas eu não quero que ninguém conforte meu medo.

Quero que seja meu espelho preciso.

O governo decretou estado de exceção e toque de recolher.

    Longe desta montanha, a erupção do Tungurahua, os massacres nas prisões, as bombas, os assassinatos e os sequestros continuam. Aqui estou a salvo do barulho da violência. Sempre foi assim:
                  acima, o mundo flui fora do meu sangue.
Mas tudo que queima, cedo ou tarde, sobe.

Minha filha e a amiga dela brigaram. Como eu não queria me intrometer, saí com Sansón para o vilarejo.

A briga começou por minha causa: durante o café da manhã, pedi a Noa que dissesse aos Diablumas para ficarem longe da minha chácara. Mencionei que a vi conversando com um deles para que soubesse que estou ciente do que está acontecendo na minha casa. Se me abstenho de perguntar a ela quem são, ou por que estão nos assediando, é por respeito à distância que há entre nós, mas às vezes acho que evito qualquer tipo de aproximação por medo de conhecer minha filha. Também é possível que seja o contrário: que eu só consiga me aproximar dela se as palavras não intervierem. Uma conversa de pai e filha não tem sentido quando um dos dois se recusa a consertar o vínculo familiar. Tomei uma decisão da qual nunca me arrependi. Agora estamos unidos pela ausência mais que pela presença, pelo dever mais que pelo amor, mas o que sinto pela minha filha está além da culpa: é um afeto que não vai crescer e que me habita com a mesma força do desejo que tenho de afastá-la.

Estou ciente de que Noa deu o primeiro passo ao vir me procurar.

Ela espera que eu dê o seguinte.

Vejo no seu rosto uma espécie de tristeza que todos herdamos daqueles que foram expulsos do paraíso. Não há idade para a pena que bebe da falta de proteção, por isso nós, os desprotegidos, a carregamos tentando recuperar a terra lavrada por Deus. Faço-o nesta floresta e naquela montanha, minha filha é demasiado jovem para ter descoberto seu próprio lugar de consolo.

Gostaria de ter a coragem de lhe dizer que o que está perdido nunca mais voltará:

 não serei mais seu pai e ela não será mais minha filha.

A tentativa de recuperar o que foi perdido é um projeto fracassado, mas empreendê-lo nos ajuda a suportar a pena com dignidade.

Nicole não sabia que Noa havia falado com um dos Diablumas. É uma menina de olhos incultos que olhou para minha filha com dureza. Tomamos café da manhã em silêncio, e então elas se trancaram em um dos quartos, de onde eu as ouvi discutindo. Não sei se o assédio a que estamos sendo submetidos vai aumentar de intensidade, só sei que Nicole rejeita esses caras tanto quanto eu, e que Noa, por outro lado, os recebe com calma.

Os Diablumas querem algo delas, do contrário não as perseguiriam.

       Eu sou um dano colateral.

Desci até o vilarejo e a loja estava fechada, mas um homem apareceu e me disse para tomar cuidado com os militares que estavam na área. A maioria dos habitantes da aldeia viajou para Quito para participar de um protesto. Não havia mais ninguém ali, exceto ele.

Acabei ficando aqui, ele disse.

Era um velho com os olhos cobertos de catarata. Poucas pessoas pensam no futuro nessas terras. Os jovens vão embora e os demais, os que não podem ir, sabem que as cinzas continuarão caindo, que os terremotos engolirão o que resiste e que a vida continuará desfigurada pela violência até que ela mesma seja indistinguível da morte.

Minha mãe arrebatava o futuro do voo dos pássaros, mas era um amanhã fictício onde ainda cabia a esperança.

      Poucas pessoas são como minha mãe.

Poucas inventam o futuro.
Aproveitei para perguntar ao velho sobre os Diablumas.
Ela me confessou que a neta os tinha visto algumas vezes.
Eles nem respondem quando falamos com eles, disse.
Sansón respirou ofegante durante o caminho de volta. Na chácara, ele não quis comer e se deitou triste no tapete da sala. Tem comportamentos estranhos, embora esta seja a primeira vez que deixe de se alimentar.
Vou levá-lo ao veterinário. É um cão forte e fiel.

Eu me compadeço da minha filha. Ele queria se confortar com minha palavra.
            Não sei quem é, só sei que se parece comigo.
Deus nos fez temerosos em um mundo sem piedade e nos deu um refúgio para que protejamos a vida em nós.
            Encontrei descanso na casa da minha mãe.
Noa deveria se compadecer de mim também.

Esta manhã, Sansón não conseguiu se levantar do tapete. Tive que carregá-lo nos braços até a caminhonete.

      O peso de um cão é o de uma criança,
      por isso seu dono o considera um bebê
         e o trata como tal,
          e o ama como tal.

Minha filha se ofereceu para me acompanhar, mas eu lhe disse que demoraria muito pouco, que preferia que ela fosse preparando a comida com a amiga.

Até agora, Nicole é responsável pelas tarefas domésticas: Noa se mostra desinteressada pelo trabalho da chácara. Seu tempo é dedicado a permanecer perto dos objetos da minha mãe como se estivesse a um passo de encontrar o que encontro na floresta.

Já a ouvi cantar para as sereias, vestir a roupa da minha mãe e perambular pela casa com passos que me lembram os dela: lentos e leves.

             Levitantes.

Ela entende sua avó e a interpreta através das suas posses. Assemelha-se a ela em gestos. Não é minha mãe: é minha filha. No entanto, as duas se conectaram acima da morte que as separa. Por outro lado, nós, pai e filha, que estamos vivos e respiramos o mesmo ar vaporoso e vegetal, somos incompreensíveis um para o outro.

Dois animais que ocupam árvores opostas:
        um besouro e uma avoante,
        uma lebre e um falcão.

Temos fome e sede, mas comemos e bebemos de águas que não se tocam. Olho para a floresta e, onde Noa vê a casa dos cantos da sua avó, eu vejo o olho aberto de Deus. Sei que é Deus quem me olha com os yaguales, com os preás e com as libélulas; que cada animal e cada planta fazem parte do seu globo ocular perfeito.

      A floresta é um olho, não uma casa.
      Um olho divino que guarda visões elementais.
  Quero ser generoso, meu espaço é o que tenho para dar. A hospitalidade é isto:

        abrir os braços sem perguntas,
          sem condições.

  Dizer: minha terra é sua terra, você pode ficar e eu jamais vou te expulsar.

  Dizer: embora meu desejo seja que você vá embora, eu te criei e te devo um refúgio. Aqui está, tome-o. Com minhas mãos vou te alimentar e te proteger sem esperar nada de você.

  Essa generosidade é o que eu quero no centro das minhas ações, então limpo meu coração de canções escuras, mas é insuficiente. Noa conhece essa verdade, e é por isso que nos custa estar juntos. Mantemos uma cordialidade fria, protocolar, que com o assunto dos Diablumas só se fortaleceu.

  O que sustenta nossa convivência é o desejo de sermos melhores, mas às vezes temos de aceitar a distância que nos defende do rosto por trás do rosto.

  Sansón e eu pegamos a estrada para Chambo. Não havia outros veículos: a estrada estava deserta. Fomos ao veterinário de sempre e, pela primeira vez, notei que ele tinha lábio leporino. Esse homem vacinou, castrou e curou meus cachorros, mas só hoje eu realmente o vi. Só hoje poderia desenhar o rosto dele.

  Estou cego para os demais.

        Deus despreza esse defeito.

Quantas coisas minha filha veio pôr na frente dos meus olhos que passaram despercebidas? Meu maior pecado é lamentar a presença das pessoas, precisar da solidão para ser nobre.

Alguns animais nos guiam na cegueira e nos ensinam a cuidar do que não entendemos. O veterinário fez vários exames em Sansón e eu lhe comprei uma ração especial que achei que ele iria gostar. Não me preocupei, por algum motivo achei que o problema de saúde dele seria solucionável, mas quando os resultados chegaram notei no rosto do médico o desconforto do que ele estava prestes a me dizer.

Câncer avançado.

Embora existam métodos paliativos, a recomendação dele foi que eu o sacrificasse para evitar que ele sofresse ainda mais.

Dói muito?, perguntei.

Sim, ele respondeu.

Saí e comprei um maço de cigarros. Fumei dois, apesar de não fumar havia anos. Minhas mãos tremeram do começo ao fim.

O procedimento foi profissional. Acariciei a cabeça de Sansón e o segurei até que ele se deixou ir.

Quando a morte se introduz em um cão, seus olhos mudam, tornam-se vítreos e opacos, e o corpo se transforma. Ele não é mais uma criança, mas um morto. Algo vai embora sem a possibilidade de regresso e algo novo chega e se ancora: um tempo que anuncia a proximidade da decomposição, um cheiro que te obriga a tomar uma distância definitiva.

Não me permiti chorar até que regressei com Sansón para a caminhonete. Junto do corpo dele coloquei a ração que tinha comprado e que ele não iria mais provar. Chorei agarrando uma das suas patas dianteiras, sua favorita, aquela que ele usava para me pedir coisas.

Demorei um pouco para me recompor. Aos sessenta anos já estou velho demais e não odeio nada, cheguei a esse estágio em que dou como bom o que existe. Durante toda a minha vida me relacionei de perto com a morte para conhecer seu funcionamento. Ainda assim, ninguém sabe o que é a morte até sentir a ausência de um corpo quente que amava puramente.

Chambo estava quase vazia e havia militares no parque central. Voltei com a cabeça pesada de dor.

Uma vez em casa, pedi a Noa e sua amiga que me deixassem sozinho.

Esta noite o cão está comigo no meu quarto. Amanhã vou enterrá-lo, mas agora a forma dele está comigo.

Não vou naturalizá-lo.

Não quero que sua morte dure para sempre.

Minha filha me ajudou a enterrar Sansón na floresta. Tentei fazê-lo sozinho, mas ela não aceitou minha recusa. Escolhemos uma árvore de yagual recém-florida e revolvemos a terra ao lado dela. Foi um trabalho árduo no olho aberto de Deus.

Quando terminamos, Noa me disse:
>vou embora esta semana,
>os Diablumas estão me esperando.

Fiquei em silêncio, sem saber o que dizer. Nos meus pensamentos estava o cadáver do cachorro que um dia fora uma criança e a cor da sua sepultura.

Ela continuou:
>acho que nunca mais nos veremos.

Não basta hospitalidade: é o amor que torna transparente a palavra de um pai. O amor nos obriga a falar para nos unirmos ao outro, para tocá-lo com nosso espírito, e faz que nos inclinemos para a bondade através de uma profunda preocupação com as necessidades dos outros.

Renunciei a amar minha filha daquele jeito.
>Não há nada que tenha mais em comum
>com Sansón do que a morte.

Que tipo de homem sou eu?, perguntei-me em silêncio, mas disse a Noa:
>sinto muito.

E minha filha sorriu para mim pela primeira vez:
>eu também.

Poderíamos ter nos dito o que estava implícito.
>Que nos amamos como pai e filha anos atrás.

Que esse afeto não existia mais, e sim o respeito à sua memória.

Que eu sentia muito por tê-la magoado.
Que, apesar disso, faria de novo porque foi a única forma que encontrei de sobreviver.
Que ela gostaria de não ter conhecido a dor tão cedo na vida.
Que não tinha certeza se poderia me perdoar.
Que queria fazê-lo.

Mas Noa preferiu me dizer:

depois que você foi embora, comecei a sonhar com barulhos que só você fazia. Eu te escutava voltar e ouvia seus passos, as portas e as janelas que você fechava e os sons de limpar a pistola da mamãe e seu rifle. Ouvia isso nos meus sonhos e ficava animada pensando que você estava voltando, mas acordava sozinha e molhada no meu próprio xixi. Eu fazia xixi na cama de tanta saudade de você e do medo que eu tinha de sentir sua falta. Nem balas, nem mortes, nem terremotos faziam isso comigo. É um alívio que não se pode sentir falta para sempre. A coisa do xixi continuou acontecendo comigo até os catorze anos. Quero que você saiba que te esperei todo esse tempo. Quero que você saiba que alguém precisou de você assim.

Não consegui dizer nada a ela. Às vezes dói o sentimento que não existe, o vazio que deveria permanecer ocupado.

Ao deixarmos a floresta, lembrei-me de que, anos atrás, um yagual semelhante ao do túmulo de Sansón pegou fogo de forma espontânea. Alguns chagras me explicaram que o fenômeno é conhecido como "raio adormecido" e que ocorre quando uma árvore é atingida por um raio e o armazena no seu interior até que, vinte e quatro horas depois, é incinerada pela eletricidade latente nas suas raízes.

Há acontecimentos que são inevitáveis, incêndios que esperam o momento certo para se acender, finais que tomam seu tempo para chegar.

Sinto muito, disse à minha filha.

As palavras não são suficientes.

Os pássaros conhecem coisas ocultas, dizia minha mãe.
Há cantos que curam o corpo e a alma.
Cantos que são orações pelos defuntos.
Cantos que elevam vilarejos, árvores e montanhas.
Cantos que ressuscitam beija-flores.
Cantos que enchem o corpo de energia para a caça.
Cantos que cortam a cabeça dos nossos inimigos.
Cantos que soltam a tristeza e a prendem.
Cantos que profetizam.
Cantos que fazem adoecer.
Cantos que nomeiam.
Cantos que fazem crescer o desejo.
Cantos que domam animais indóceis.
Cantos que acalmam terremotos e erupções.
Cantos que produzem tremores de terra
e explosões de vulcões.
Cantos que atraem os peixes e a chuva.
Cantos que exploram dores.
Cantos que alimentam alegrias.
Cantos que seduzem.
Cantos que invocam o sagrado.
Cantos que fazem os mortos aparecerem.
Minha mãe usava sua voz para chamar as aves que falam
a língua original desde o início dos tempos.
Meu wawita,
todos os seres que têm espírito cantam
mesmo que não possamos ouvir suas canções.

Dizia: você deve aprender esses cantos ou estará dentro da vida, mas desconectado dela.

O condor voltou e eu o vi planar na direção da ravina. Um presságio é uma memória, uma série de imagens que se articulam para anunciar o que sentimos durante a tempestade e o que sentiremos amanhã sob o sol.

Minha filha canta uma música no meio da noite que abraça a escuridão. Minha mãe costumava cantá-la para me ajudar a dormir, mas não funcionava porque havia duas vozes na sua voz.

Quesintuu e Umantuu.

A música é uma expedição noturna.

A lembrança pressagia.

Desenvolvi insônia crônica depois de ver o linchamento no bairro. Não conseguia dormir mais de três horas seguidas, estava destruído e apagava as luzes para imaginar que a noite eram meus olhos finalmente descansando. Sem trabalho e deprimido, deixava as horas passarem. Levantava e fazia café da manhã para Mariana e Noa, levava Noa para a escola, limpava a casa, lavava e estendia a roupa, cozinhava, pegava Noa na escola à tarde, punha e tirava a mesa, lavava a louça, ajudava Noa com a lição de casa de matemática, dava banho nela, punha o pijama, jantávamos com Mariana, punha Noa na cama, punha Mariana na cama e ia para a sala, onde apagava as luzes e ficava acordado no escuro.

Essa era minha rotina.

Às vezes, também ajudava os vizinhos a retirar os corpos das ruas. No início, esperávamos a polícia vir e fazer o que tinha de fazer, mas demoravam horas, até dias, para chegar, e enquanto isso o bairro convivia com o corpo em decomposição de alguma pessoa assassinada pelos sicários. Não queríamos que as crianças vissem: cobríamos os corpos e os retirávamos das ruas, limpávamos o sangue.

Informávamos uns aos outros quais ruas evitar.

Nos revezávamos ligando e insistindo com a polícia.

Depois do linchamento, apareceram no bairro cadáveres baleados, decapitados ou torturados. Homens e mulheres que moravam em outras partes da cidade, mas que os matadores traziam até nossas portas para nos ameaçar. As gangues sabiam o que tínhamos feito: o corpo do menino que matamos ficou caído na rua até que um vizinho desesperado o queimou. Por mais que fechássemos as janelas, um cheiro azedo e nauseabundo entrou nas casas do quarteirão. Uma peste insuportável que impregnou todas as coisas.

Um cheiro do passado.

Minha insônia era aquele cheiro no cabelo da Mariana e da minha filha, os gritos e lamentos das pessoas que eu desalojei, a certeza de que eu jamais poderia ser um homem bom ou amar a Deus com um coração leve.

Não estava acostumado a fazer isso, mas um domingo levei Noa para caçar na floresta. Fizemos uma viagem de quatro horas no carro de Mariana e, durante o caminho, ligamos o rádio. Não sei que música escutamos naquele tempo de subida. Lembro-me de que era instrumental, calma, como a respiração da névoa. Nos meus ouvidos era quase inofensiva, quase gratificante.

Devemos ter cuidado com o que se aproxima delicadamente de nós.

Quando chegamos, Noa começou a conversar com os cogumelos que ia encontrando em árvores e nas carcaças dos insetos. Pus o rifle nas costas e avancei para o interior desse organismo vivo que nada sabia da crueldade. Caminhamos até um ponto emaranhado na mata e lá expliquei para minha filha a importância do silêncio.

Eu disse a ela:

se falarmos muito alto, vamos afugentar os animais.

Ensinei-lhe a arte de rastrear. Ficamos de olho nas marcas nas plantas e no solo. Interpretamos as pegadas dos coelhos.

Uma pegada conserva o tempo, eu disse. Ao lê-la, você pode saber a idade da sua presa e em que momento ela esteve aqui. Você pode descobrir para onde ela está indo.
       E se ela não quiser que a sigamos?,
       Noa me perguntou.
Insisti no meu trabalho pedagógico. Expliquei:
é simples determinar se uma pegada é fresca ou antiga, tudo que você precisa fazer é olhar para suas bordas.
      Se a pegada tiver água,
você saberá que ela é antiga por causa da sua transparência.
      Se a água estiver turva, a pegada é recente.
Ela cantarolou uma música e eu encontrei uma gota de sangue em forma de cometa. Repousava sobre uma folha seca caída em um atoleiro.
Meu próprio sangue reagiu à beleza da sua irmã.
      Filhinha, venha, eu disse a Noa.
As pontas do cometa apontaram para rastros equinos que desciam para o oeste. Segui seu rastro, deixando minha filha alguns metros para trás, e, depois de alguns minutos, me vi diante de uma égua branca que estava morta havia horas. O animal estava estendido em alguns arbustos que havia destruído com seu peso. Fiquei perplexo que sua crina estivesse levantada, como se ela ainda corresse e o vento a despenteasse. Em todo o resto, ela parecia estar dormindo, salvo que seus olhos estavam abertos.
Atrás de mim, minha filha ia cantarolando, despreocupada, um dos cantos da minha mãe.
Não prestei atenção até aquele momento:
        a atenção do corpo
      é distinta da atenção da consciência.
Era impossível que Noa conhecesse aquele canto. Contudo, o que soou no meio da floresta era a música inconfundível da minha mãe na voz da minha filha.
Olhei para o cadáver da égua: branco como Deus e como a morte, com um disparo no pescoço que mal lhe permitiu

correr alguns metros antes da queda final, e me senti estranho, confuso em meio a tanta potência.

Lembro-me de que minha filha fez silêncio. Os joelhos dianteiros do animal estavam dobrados e seu focinho estava ferido e amarrado com uma corda suja. Sua musculatura desconjuntada apresentava sinais de maus-tratos. Não havia dúvida de que havia sofrido, aferrada à vida, muito antes e depois que a bala a atingisse.

Quem rouba a dignidade de um animal contamina toda a criação.

Minha filha começou a gritar:

> Papi!
> Papi!
> Papi!

Mas sua voz estava distante, e uma música desagradável continuou soando na minha cabeça.

O passado nos habita, obrigando-nos a ouvir a verdade sobre quem somos e para onde dirigimos o olhar. Ignorei minha filha assustada no meio do mato, essa é minha verdade.

> Cuidei da égua.

Um animal possui os segredos das montanhas, mistérios que estão além da linguagem e do pensamento. Seus corpos nos contam o que permanece nos vestígios e nas pegadas: a derrota da beleza, a passagem da dor, a crueldade inesgotável dos homens e o movimento infinito de Deus continuando, apesar de tudo.

Imaginei a agonia da égua, mas a comparei com a minha e me senti impotente e desprotegido.

Eu cambaleei, caí no chão.

Algo familiar naquele cadáver o fez aproximar-se do meu pai e do cavalo que o matou; da minha mãe, dos mortos despejados nos bairros, do menino queimado em frente à minha casa e até de mim mesmo.

Abracei a égua suando frio.

Era mais silenciosa que a terra.

Minha filha gritava ao meu lado, desesperada. Planejei deixá-la perdida na floresta e fingir que havia sido um acidente. Foi uma surpresa que minha mente tenha ido tão longe, que minha infelicidade me fizesse contemplar o mal. Eu me odiei por isso, mas também a odiei por me mostrar que eu era um homem que não podia amá-la com sinceridade.

Tremi de aversão.

Chorei como uma criança.

Fui criança.

"As revelações são feridas na noite", dizia o canto da minha mãe. "Vivem no escuro."

Perdi a noção do tempo chorando sobre a égua. Ali, desabrigado em cima da morte, tive a coragem de admitir para mim mesmo quem eu realmente era: um pai que, apesar de ter cumprido suas obrigações até então, não era feliz com sua filha. Um pai que imaginava um futuro sem ela como quem se afoga e projeta sua saída à superfície. Um covarde, eu disse a mim mesmo, e o amor não pode ser covarde, mas o coração de um veado ainda quente depois de ser arrancado de seu lugar.

Todos os órgãos vitais esfriam fora dos seus corpos e retornam ao pó.

Todo amor que é frágil pesa.

A égua estava serena, como se estivesse descansando, e eu me vi colocando o rifle na boca para me unir a ela. Eu tinha ficado com Mariana e Noa à custa de me destruir, tinha assumido aquele sacrifício, mas, abraçado ao cadáver da égua, entendi que não era pai nem marido, apenas um homem cujo amor era insuficiente. Vi meu sofrimento com nitidez, como se fosse de outra pessoa, e, afundado na pelagem da égua, quase afogado no seu fedor, entendi que se não as abandonasse logo acabaria morrendo.

Uma ferida revela
a paisagem interior que ignoramos.

Estar ferido é o preço da revelação.

A culpa será tolerável, disse a mim mesmo, mas não esta morte.

Não esta morte.

Adoro os veados,
os coelhos,
as lebres,
as raposas.

Adoro os cachorros, as vacas e os preás.

Na montanha meu amor não é covarde, é suficiente. É o bastante para a floresta e suas criaturas, é o bastante para meus animais. Eu sou um homem decente aqui, onde a vida e a morte se distinguem.

Meu ódio está enterrado:
vim para a floresta alta e o enterrei.

Não posso dizer mais que isso à minha filha:

Se eu escondo minhas palavras, é porque eu teria de te dizer a verdade ou eu teria de mentir para você, e ambas as opções me distanciam de Deus.

A verdade é que eu não senti sua falta, apesar de que teria dado minha vida por você.

Eu te amei muito e depois pouco. É triste que um sentimento como esse possa desaparecer.

Estou aliviado em saber que você está indo embora. Espero que você encontre conforto e um lugar de descanso.

É impossível a gente se relacionar melhor. Esta é a proximidade a que podemos aspirar.

Eu não quero te conhecer. Perdoe-me.

Nada disso saiu da minha boca nem nunca vai sair. Às vezes, o silêncio é benevolente e a verdade desnecessária.

Já se passaram três noites que vi os Diablumas se aproximarem da janela do quarto da minha mãe para levar seus monstros.

Hoje levaram as sereias.
Ontem, os gagones.
Anteontem, o Jarjacha.

Minha filha os entregou a eles imitando os sons dos pássaros. Ela sabe ler bem o livro da minha mãe.

Parece com ela.

Tranquiliza-me ver que ela está se preparando para ir embora, então permito que leve o que quiser, mesmo que não tenha me pedido.

Escutei um canto que pedia para as árvores vomitarem cavalos.

As palavras da minha mãe na voz da minha filha atravessaram os corredores e me encontraram na minha cama, já entrado no sono. Conheço esse canto que se enfia na cabeça das crianças e come seus pesadelos: é o canto que minha mãe usava para curar meu medo, a música que fazia os cavalos saírem das árvores para pisar nos meus terrores.

Quando sua mente começou a falhar, e ela não conseguia mais se lembrar do seu nome ou do meu, minha mãe elevava seus cantos como se os estivesse lendo direto do papel.

A música comove até o inferno, dizia.

Noa cantou essa canção que roubava sonhos usando as palavras sagradas em que minha mãe acreditava.

Fui despertado pela sua voz, viajando como um fantasma no tempo. Decidi olhar pela janela: lá fora, os Diablumas dançavam, iluminados pela luz do quarto de Noa. Eles seguiam o comando das duas vozes dentro da sua voz e se moviam como feras excitadas pela música.

Nos seus últimos dias, mamãe só se lembrava das canções com as quais fez um lar no seu corpo. Seus cantos a protegeram da fealdade da morte e da paisagem desmoronando. Com essas canções, ela achava que estava ajudando as pessoas, seu filho e a si mesma. Havia quem confiasse na sua música e se sentisse curado pela sua voz ou visse seus problemas resolvidos.

A confiança faz isso no coração das pessoas.

Cada um de nós se apega à
vida como pode.

Ela quis me legar o caminho que encontrou para se salvar, sua consolação em um mundo onde devemos rezar pela sobrevivência do assombro e da bondade. Eu agradeço, mas meu entusiasmo reside na imaginação de Deus. Eu me salvo e me consolo com ele e nele, longe dos cantos que comovem meu próprio inferno.

Aferrar-se à vida é difícil. Deus sabe disso, então sua compaixão é infinita.

Agora o consolo da minha mãe é o de Noa.
A herança chegou ao seu destino.

Ao amanhecer, vi minha filha abandonando a casa. Ela estava sozinha, sem a amiga, e na entrada da floresta os Diablumas a esperavam.

> As palavras que se escrevem são silenciosas, nelas cabe o som de Deus.

Não há verbos transparentes na escrita, este é meu terreno. Escrevo e não canto, escrevo e não falo, mas faço o mesmo que minha mãe fazia: há algo que quero elevar do chão.

> Executo um ato de levitação.

Esta floresta, esta montanha e estas palavras são a única coisa que tenho.

Espero que minha filha tenha algo.

Espero que, antes que a terra se abra e nos engula, ela encontre a ternura.

> Espero que flutue.

E que, quando o mundo acabar, ela se sinta afortunada por ter estado aqui, apesar de quão difícil é se aferrar à vida.

Esse é meu desejo.

> Estou acordado.

PARTE VII

SEREIAS CANTAM NOS ANDES

Ano 5550, calendário andino

NICOLE

Há coisas que não são esquecidas porque nunca são totalmente compreendidas. Estávamos celebrando o Inti Raymi quando o sol se pôs e a tempestade elétrica tornou o céu assustador. Eu queria que Noa ficasse perto de mim, mas a perdi porque a neblina cobriu a lagoa e ficou tão densa que foi como estar em um de seus pesadelos. Tudo era audível no alto da montanha: a música, os gemidos e ofegos dos Diablumas, as vozes das cantoras, os trovões que rebentavam os glaciares, o wayra, os condores, os relinchos dos cavalos assustados do vale e o silêncio por trás dos sons.

Era um concerto que mudou a velocidade de meu pulso.

A única coisa que pude ver durante horas foram os relâmpagos, mas continuei andando e afastando a neblina, guiando-me pelas vozes e instrumentos. Vi Pedro se comportando de forma estranha junto à água, Mario intoxicado pela dança do sol. Mais à frente, Adriana e Julián se contorciam de forma dolorosa e lançavam alaridos aos nove picos da montanha. Pam e Fabio se dobravam sobre seus tambores como se a vida na terra dependesse deles. Eu os vi enquanto avançava, e as nuvens ora me revelavam a lagoa, ora a língua da geleira, ora alguma cantora ou um dos desaparecidos. Tudo parecia um sonho ruim e comecei a tremer. Meus olhos choraram sozinhos. Encontrei o Poeta com os braços erguidos para o céu nublado: só nós despossuídos cantamos a sério!, gritou, como baleias solitárias no vasto oceano, como sereias nos lagos dos vulcões. Só perdendo tudo é que se preenche o coração!

Encontrei Noa pouco depois e notei que seus olhos estavam voltados para dentro de sua cabeça, a boca entreaberta, e um aspecto atormentado.

Por favor, não beba do Poeta, eu lhe dissera antes de a loucura começar, mas ela não me ouviu.

A última vez que a vi foi na chácara do pai dela, quando ela me disse que ia embora com os desaparecidos. Eles nos perseguiram e esperaram na floresta e na noite. Durante dias, cinco deles nos rondaram. Estavam usando máscaras, talvez alguns dos de nosso grupo estivessem com eles, só sei que o Poeta os liderava com o cabresto e que era ele quem queria Noa, ele que nos levara à boca de um vulcão extinto e em ruínas para nos fazer desaparecer.

Vou com eles, disse-me Noa no quarto de sua avó.

Eu não consegui me controlar e gritei com ela como nunca tinha feito antes: desprezei suas inclinações, ridicularizei seus rituais, seus cantos e suas supostas visões. Estava desesperada para mantê-la comigo, para que continuássemos sendo irmãs e planejássemos a vida juntas, escondendo-nos nos mesmos cantos até que o mal nos encontrasse, pois cedo ou tarde ele iria nos encontrar. O mal era uma fenda de terremoto e um decapitado em um canto da memória. Pensei que precisávamos uma da outra para nos salvar do que tínhamos visto, mas um amor com medo é violento e abraça com muita força.

Você acha que é uma xamã, eu disse a ela, mas não passa de uma mestiça que brinca com o que não entende.

Era eu que não entendia o que Noa estava tentando me dizer. Ou sim, só que me doía.

Em El Altar, as cantoras fizeram soar suas chajchas e uma queixada de burro que gargalhou atrás dos trovões. Tentei me manter ao lado de Noa, mesmo que ela estivesse desaparecendo na neblina. Os Diablumas dançavam e os músicos tocavam como que possuídos pela eletricidade. Imitavam os Xamãs Elétricos recebendo o golpe dos raios sobre o palco do Ruído, alcançados por uma música oculta que eu não queria sentir.

O raio anuncia quando um yachak vai nascer!, gritou alguém.

Em algum momento, escutei o poeta desvairar sobre baleias e sereias andinas, recitar versos que falavam sobre cetáceos serem geneticamente semelhantes a girafas, a ovelhas e hipopótamos.

Houve um homem, não faz muito tempo,
que foi tragado por uma baleia.
Seu nome era Ariruma, não Jonas.
A baleia cuspiu Ariruma sobre o Kapak Urku,
porque, em vez de comer um homem, preferiu cantar.

Enquanto procurava Noa, ouvi o Poeta dizer coisas das quais ainda me lembro:

Sereias cantam
com sons de morte.

Cantam nos Andes, sasaka minha,
foram da terra para o mar,
da terra para o mar.

Todos queriam ver o que o Poeta imaginava e atendiam à sua voz tanto quanto aos raios, ao vulcão e ao ritmo dos instrumentos. Faziam isso para esquecer como era exaustivo resistir a catástrofes entre os escombros: para inventar um instante em que fosse possível viver, e não apenas sobreviver.

Segundo Darwin,
as baleias parecem ursos,
mas elas foram cachorros,

crocodilos,
lontras.

Hoje navegam na Via Láctea e cantam
o grande poema do sol.

Sereias cantam nos Andes.
Seu nado é um galope.

Vamos nos alegrar chorando!, gritou Pam ao longe. Os vulcões são os dutos lacrimais da terra! Vamos nos alegrar!

Seu nado é um galope,
sasaka minha,
seu nado é um galope.

Sereias vão de cima para baixo
e de baixo para cima
como cavalos,
como lhamas,
como veados.

Sereias galopam nos Andes.
Seus cantos trazem sons de morte.

Passamos horas na caldeira e às vezes eu parava para descansar de perseguir quem não queria ser encontrada. Respirei fundo, me perguntei o que estava fazendo ali, em meio a uma exaltação da qual eu não compartilhava, e aguentei. Aguentei porque pelo menos uma de nós tinha de manter os pés no chão e cuidar da outra. Noa nunca me pediu para assumir esse papel, mas eu o assumi como sempre fiz, como se cuidar me desse um propósito no mundo que eu não teria de outra forma. Se eu parar de cuidar dela, pensei, a única coisa que me restará será esse rancor contra uma vida que envelheceu antes do tempo. Ninguém é jovem com a morte nos calcanhares: a primeira coisa que a violência tira de você é a juventude. Então pensei em como era triste admitir que, mesmo naquela montanha onde o que carregamos dentro de nós é pequeno, eu era incapaz de imaginar um futuro para mim.

Ao fim de um canto se exala, um dos Diablumas sussurrou em meu ouvido. Ssss. Ssss. Kusui. Kusui. Tserere. Tserere.

Encontrei Noa sangrando quando sua voz já havia se tornado parte da música. Tinha uma ferida na sobrancelha e cantava na direção das geleiras, imitando as cantoras, imitando o Poeta, só que com um tom agudo e grave ao mesmo tempo, sofrido e contente, sufocado e firme, uma voz dupla que eu nunca tinha ouvido antes e que fez eu me afastar de tão impressionada. É difícil explicar um som que leva outro som em cima, duas vozes saindo da mesma garganta. Ela gritou e sibilou. Usou um falsete, uma voz nasal e uma voz de peito. Seu canto foi suave e furioso, por incrível que pareça, e atraiu os desaparecidos que, abrindo caminho através da névoa, dançaram ao seu redor como se ela fosse o sol. Não sei quando aprendeu essa técnica vocal, apenas que os outros a cercaram ao pé da lagoa e que Noa cantou grunhindo, ululando e expandindo suas duas vozes como se estivesse expulsando um fantasma ou se congraçando com ele.

As cantoras a acompanharam fazendo sons inquietantes, modulações de voz e repetições desarmônicas. Elas cravaram os dedos no pescoço e os moveram como se pudessem tocar suas próprias cordas vocais. Massagearam o pomo de adão e, agitando as mandíbulas, conseguiram soar como uma única voz de três cabeças.

O Poeta se ajoelhou com os braços em direção ao céu.

Somos filhos das cinzas!, cantou. É da morte e contra a morte que a música se levanta!

As cantoras entraram na lagoa. Apesar da distância, eu as vi entoar com os lábios azuis e os cabelos flutuando como algas sobre a água do pico coberto de neve. Gritaram, uivaram e chilrearam. Pigarrearam com força. Nadaram em círculos e fizeram seus braços dançarem no ar. Noa as seguiu caminhando ao contrário, como em suas noites de sonambulismo, e eu fiquei assustada ao vê-la entrar no olho do vulcão e mergulhar de costas na neblina que cobria os picos da montanha. Ela estava fora de si, às cegas, bufando e sacudindo os cabelos como um cavalo. As cantoras imediatamente a cercaram e acariciaram seu pomo de adão repetidas vezes. Seus movimentos foram tão cerimoniosos que pensei que a fariam cantar no fundo da lagoa, que a afogariam jogando o que quer que estivessem jogando, então corri para a margem para implorar que ela saísse.

Saia agora, por favor!, gritei nervosa, e Noa estendeu a mão para mim como se me convidasse a entrar.

Venha, disse ela.

O poder de um canto está em sua capacidade de nos sugestionar: eu não queria ouvir o de Noa, mas fui capturada por sua voz, assim como as outras pessoas, e senti nostalgia e dor, espanto e derrota, vertigem e uma sensação antecipatória da perda que estava prestes a experimentar. Lembro que ela começou a cantar com os quadris afundados na lagoa e que seu canto soou como se viesse de um corpo muito maior e mais forte. Que uma de suas vozes era aérea e a outra subterrânea. Que uma parecia viva e a outra morta. Naquele momento, não entendi por que ela queria fazer o que estava fazendo, mas ouvindo-a, vendo sua mão me chamar para a água, percebi que Noa sabia que eu não iria segui-la e que, antes de me deixar, ela já tinha ido embora. Portanto, pouco importava se a música tinha algo sobrenatural nela ou não, se tornava visível um presságio previamente escrito em nós ou se o inventava, o importante era que minha amiga, minha única amiga, iria me abandonar em uma terra onde era impossível sobreviver sem ter alguém de quem cuidar. Então eu enlouqueceria ou morreria, pensei, porque não era capaz de acompanhá-la aonde ela queria que eu fosse, não era capaz de entrar na lagoa e cantar para desafogar-me do medo dos mortos que nos envelheceram e dos vivos que rendiam culto à morte. Para mim, os desaparecidos eram pessoas sem horizonte que se divertiam fugindo da ameaça e da desolação e que, absurdamente, achavam que um canto as redimiria. Nenhum canto iria me desafogar do que estava me sufocando, porque a música não detém bombas ou erupções nem repara os danos. A única coisa que teria me aliviado teria sido Noa voltar comigo para Guayaquil, mas seu canto me disse que isso já não aconteceria.

    Várias vezes me perguntei por que não a segui. Por que não fiz como o Poeta, que cantava para os decapitados, os enforcados, os baleados, os sepultados e os afogados através de baleias e sereias, ou seja, para a vida que continua e se reconstrói apesar do terror. Por que eu não pude falar a linguagem dos desaparecidos? Por que não imaginei um futuro com eles, mesmo que fosse fantasioso e implausível, mesmo que fosse irrealizável? Por que não tentei ser jovem com Noa? Fiz essas perguntas dia e noite depois de voltar a Guayaquil e, com o tempo, respondi o que pude. Disse a mim mesma que na caldeira de El Altar só havia uma coisa que me atemorizava mais do que não poder imaginar uma vida diferente: fazer um esforço, como os desaparecidos, para transformar o abandono e o horror numa música coletiva, para dar um novo sentido à tragédia, e que não bastasse. E é claro que não basta: os homens e as mulheres matam e morrem, as crianças matam e morrem, a terra ruge furiosa e a música sonha um pobre sonho que se alimenta do pouco que nos resta. O Poeta nos prometeu um refúgio que nem mesmo podia dar a si próprio, mas agora sei que um refúgio, mais que um lugar, é uma emoção, e que Noa encontrou na música uma linguagem que lhe permitiu fortalecer seu amor pela vida, uma linguagem que eu só tinha encontrado na nossa amizade.

Deus nos abandonou, mas nós temos a voz!, bradou o Poeta. É quando cantamos que vencemos a morte!

Depois que Noa se foi com os desaparecidos, seu pai me levou até a estação e eu peguei o primeiro ônibus para Guayaquil. Sentei-me e vi as pessoas subirem com seus bebês, crianças, malas, cães e gaiolas cheias de galinhas. Os militares andaram ao redor do ônibus, mas com toda a bagunça não conseguiram revistar nossa bagagem. O sol batia forte naquele momento, ardia sobre a pele, e o barulho era insuportável até que o motorista ligou o motor e no rádio soou "La conquistada", de Los Jaivas.

Pam cantou essa música para nós durante a segunda noite do festival: Eduardo Parra a compôs para sua namorada, ela nos contou, uma garota que virou tupamara. Algumas pessoas acham que a letra é revolucionária e blá-blá-blá, mas para mim é um poema sobre alguém que parte para nunca mais voltar: de uma nuvenzinha conquistada pelo vento, tá ligado?, da memória e do ocaso do desejo.

*Hoje navegam na Via Láctea e cantam
o grande poema do sol.*

No dia em que o Chimborazo entrou em erupção, eu estava em Guayaquil velando minha mãe. Fazia dois anos que Noa e eu tínhamos nos separado e mais de mil desde a última erupção do tayta. Fluxos espessos de lodo e rochas resvalaram do vulcão e assustaram as comunidades, avalanches provocadas por degelos cada vez mais abruptos. Nos noticiários estimaram centenas de mortes, mas o número cresceu como tudo relacionado à morte neste país. Era junho, o mês do Inti Raymi, e eu me perguntei se Noa tinha voltado ao Ruído Solar com os desaparecidos, se não tinha sido sepultada pelos sedimentos junto a tantas outras pessoas. Quero acreditar que pelo menos ela estava longe dali, que se salvou, e que ela pensa em nossa amizade como algo que teve seu tempo, seu lugar e que fez bem a nós duas.

Sereias cantam nos Andes, sasaka minha:
todos os mortos se levantam em suas vozes.

As coisas importantes só são compreendidas depois que nos aconteceram, quando já fomos transformados por elas. Na cratera do vulcão, depois que a neblina recuou um pouco, escutamos à distância guitarras elétricas e baixos se misturando com o trovão. Caminhei com Noa até o ponto em que a lagoa transborda para cair no vale e, abaixo, ao pé do rio, vimos os Xamás Elétricos imitando com microfones e amplificadores o som de instrumentos invisíveis. Usavam as máscaras do Diabluma e, entre grunhidos e uivos de guitarras, assobiavam como se tivessem sikus e quenas nos lábios. Noa estava empapada, então tirei sua roupa, espremi seus cabelos e a abracei para aquecê-la. Escutamos a música daquela forma, sentadas e abraçadas em uma rocha alta, enquanto alguns dos desaparecidos acorriam ao vale como se respondessem a um chamado. Não sei quanto tempo se passou, mas em nenhum momento Noa parou de olhar para os Xamás Elétricos ou para os cavalos que corriam pelos arbustos, ou para as cantoras que os perseguiam deixando cair lágrimas de neve, ou para o Poeta, que dançava com sua própria máscara de Diabluma queimada na parte de baixo.

Estou pronta para ir ver meu pai, disse-me Noa. Estou pronta para ouvir o que está por vir.

Lembro-me de nosso abraço porque nos protegeu do frio.

Lembro-me dos Xamás porque faziam parte do sonho pobre que nos manteve vivas.

Vença seu medo de saber, Noa me disse, tremendo no cume do mundo. Um coração é um refúgio.

Um breve refúgio onde a música baila.

Leituras complementares

Antes de me sentar para escrever (e durante a escrita), li livros que exploram a música e sua relação com a noite, com o medo e com a perda, mas também com a esperança. Os mais importantes foram *Aurora*, de Friedrich Nietzsche; *Butes* e *Ódio à música*, de Pascal Quignard; *El mundo en el oído*, *Diccionario de música, mitología, magia y religión* e *Filosofía y consuelo de la música*, de Ramón Andrés; *Más brillante que el sol: incursiones en la ficción sónica*, de Kodwo Eshun; *La música: una historia subversiva*, de Ted Gioia; *A história oculta da música*, de Luis Antonio Muñoz; e *Resonancia siniestra*, de David Toop.

Para refletir sobre a polifonia e suas possibilidades narrativas, reli *As ondas*, de Virginia Woolf, e *O som e a fúria*, de William Faulkner.

Para o personagem Ariruma Pantaguano, também conhecido como o Poeta, reli *El pez de oro*, *La resurrección de los muertos* e *Khirkhilas de la sirena*, de Gamaliel Churata; *Altazor: ou... a viagem de paraquedas* e *Tremor de céu*, de Vicente Huidobro; *Manifiesto futurista andino*, de Alan Poma; *Primavera nuclear andina*, de Agustín Guambo; *Shunku-yay*, de Samay Cañamar; *Tamyawan Shamukupani*, de Yana Lucila Lema; *El colibrí de la noche desnuda*, de Fredy Chikangana; *Inri*, de Raúl Zurita; textos do projeto Wankayo Hiperpoesía; além de poemas avulsos de Marosa di Giorgio, Ariruma Kowii e Hugo Jamioy; e reflexões de Thomas Merton.

Para o personagem Pedro e seu amor pelas pedras, li *Piedras*, de Roger Caillois.

A reflexão de Pamela sobre a amizade e a distância procede de *A amizade*, de Simone Weil.

Para aprofundar a compreensão sobre o tempo andino, li o artigo "Dos concepciones espacio-temporales para dos mundos. Ñawpa y ñawpa-n: encaminadores de kay pacha", de Eusebio Manga Quispe. Também foi útil a leitura de *Futuro ancestral*, de Ailton Krenak, que, a partir da perspectiva do povo Krenak, do Brasil, defende uma visão não linear do tempo em diferentes culturas originárias da América Latina.

Agradeço a todas essas leituras por me mostrarem que a imaginação é revolucionária e, também, que escrever é desenhar uma nova geografia: um território no qual a palavra aprende a crescer em comunidade.

Agradecimentos

Este romance se nutriu da leitura atenta e amorosa de Alejandro Morellón (e de suas deliciosas tortilhas de batata), bem como de outros queridos amigos que não posso deixar de citar: Juan F. Rivero, Lidia Hurtado, Ana Rocío Dávila, Claudia Bernaldo de Quirós, Gustavo Guerrero, Juan Casamayor e Albert Puigdueta.

A eles, a minha família e aos amigos: obrigada por serem minha música enquanto a música dura.

Léxico quíchua e da cultura andina

Amaru: enorme serpente de duas cabeças que vive no subsolo e no fundo de lagos e rios segundo a mitologia inca.

Ananay: interjeição frequentemente usada para expressar satisfação ou alegria, reforçando emoções positivas, na música tradicional andina, especialmente em canções de huayno e outros estilos regionais.

Anent: canções de oração na cultura Shuar do Equador, tradicionalmente usadas para conectar-se com o mundo espiritual.

Apu: espírito protetor dos cumes.

Chagra: equivalente a caubói no Equador.

Chajcha: tipo de chocalho ou instrumento de percussão, típico das regiões andinas, feito com sementes, pedras ou outros materiais amarrados juntos em uma corda.

Chakana: cruzes andinas.

Chicha: bebida alcoólica, geralmente feita com mandioca, mel e água, mas também com milho ou frutas fermentadas.

Cholo: termo que pode se referir a um mestiço de origem indígena ou, mais especificamente, a alguém com ascendência indígena e europeia. Dependendo do contexto, pode ser usado de maneira neutra ou pejorativa para designar pessoas com uma identidade cultural indígena ou andina, especialmente aquelas que vivem nas zonas rurais e que são consideradas parte da classe trabalhadora ou popular.

Conchero: importante dança tradicional e cerimônia que tem sido realizada no México desde o início do período colonial.

Corrido: gênero musical tradicional da música popular mexicana e de outras regiões da América Latina. Caracteriza-se por ser uma canção narrativa, ou seja, tem uma história que é contada ao longo de seus versos.

Diabluma: figura tradicional do folclore andino, especialmente em regiões como o Equador. Ele é frequentemente associado a celebrações, simbolizando a luta entre o bem e o mal. O Diabluma é representado como um personagem vestido de maneira colorida, muitas vezes com uma máscara, representando a dualidade da vida e a interconexão entre as culturas indígenas e a religião católica.

Diabo Sonajero: figura tradicional no folclore andino do Equador, especialmente nas celebrações de Riobamba durante o Pase del Niño, uma festa religiosa e cultural que acontece próxima ao Natal. Representa um diabo elegante e colorido que utiliza uma máscara de lata vermelha e leva consigo um chocalho, simbolizando a mistura entre as tradições religiosas indígenas e a influência do cristianismo espanhol.

Electrojahuay: fusão de música tradicional andina com música eletrônica, sendo uma forma inovadora de modernizar e trazer novas influências à música jahuay ou huaino, que são estilos musicais tradicionais da região andina, particularmente no Peru e em outras partes da América do Sul.

Gagone: criatura lendária equatoriana que assume a forma de cachorros recém-nascidos – cinzentos, pequenos e encardidos – e que representa as almas impuras dos que viveram relações incestuosas.

Haku wichayman: "vamos subir" ou "vamos em direção ao alto", empregado com frequência em contextos espirituais, cerimoniais ou poéticos para evocar ascensão física ou simbólica.

Hanan pacha: mundo superior. Na cosmovisão andina, o hanan pacha é o reino das alturas, onde habitam os deuses.

Huaynos: estilo musical conhecido por seu ritmo alegre e enérgico. Os instrumentos mais comuns incluem a quena, o charango, violões e o bombo.

Huiña Huilli: ser mitológico, conhecido sobretudo no Equador, que se transforma em bebê e, com seu choro, atrai pessoas chapadas ou com mau coração.

Inti: ave mágica, conhecedora do presente e do futuro, representada nos mitos orais como um beija-flor com asas de ouro.

Inti Raymi: festividade ancestral andina que celebra o solstício de inverno e homenageia Inti, o deus sol na cosmovisão inca. Essa celebração é um dos maiores festivais indígenas da América do Sul. Tradicionalmente, o Inti Raymi marcava o início do novo ano agrícola e incluía rituais como danças, oferendas, e a realização de cerimônias para agradecer ao sol pela fertilidade da terra.

Jahuay: o canto da colheita.

Jarjacha: criatura presente no folclore dos povos andinos, principalmente no Peru e Bolívia. Segundo a lenda, é um ser humano que foi punido por Deus por ter cometido incesto e teve sua aparência deformada. Sua descrição costuma variar, sendo relatado como uma criatura com corpo de raposa e cabeça de lhama, um ser com corpo de puma e duas ou três cabeças de raposa ou lhama, ou ainda um monstro com corpo de lhama e rosto humano.

Kapak Urku: nome quíchua para o vulcão El Altar.

Karaywa: lagarto, lagartixa.

Kulta Tukushka: figura mítica e tradicional da cultura Puruhá, especialmente conhecida na região de Chimborazo, no Equador. Visualmente combina elementos naturais e animais, simbolizando a conexão entre os humanos e a natureza.

Kuntur: condor.

Kuyllur: astro, estrela ou luz.

Llanero: estilo musical tradicional da região dos Llanos (planícies), que abrange partes da Venezuela e da Colômbia.

Malaire: em algumas regiões da América Latina, o termo descreve um mal-estar repentino e indefinido, que pode incluir sintomas como fraqueza, tontura, náuseas ou sensação de cansaço. Também pode ter conotações supersticiosas, como um "vento ruim" ou uma influência negativa.

Mama Killa: Mãe Lua, esposa e irmã do deus Inti.

Manchay puyto: instrumento musical feito com um cântaro de barro e duas flautas que, segundo a lenda, eram fabricadas com fêmures humanos. A música que produz é descrita como triste, fúnebre e macabra.

Ñachu shamunki: será que você vem?

Ñami pakarin: já amanhece.

Ñawpa pachapi: antes, no tempo antigo.

Ninakuru: vaga-lume.

Pacha: mundo, universo.

Pachamama: Pacha Mama ou Pachamama (do quíchua Pacha, universo, mundo, tempo, lugar; e Mama, mãe, Mãe Terra) é a deidade máxima dos povos indígenas dos Andes Centrais.

Pakcha: cachoeira.

Panas: amigos.

Pillpintu: borboleta.

Pincoyas: criatura marinha pertencente à mitologia de Chiloé, no sul do Chile. Ela tem uma aparência completamente humana e sinaliza se a temporada de pesca será abundante ou escassa.

Pingullo: instrumento musical indígena em forma de flauta pequena de madeira.

Punta: álcool puro de cana-de-açúcar.

Quesintuu e Umantuu: seres com características de sereia, parte peixe e parte humana, presentes na cultura andina.

Quinde: beija-flor.

Runatinyas: tambores confeccionados pelos incas, que costuravam o instrumento dentro da barriga de seus adversários para amedrontá-los.

Sacha Runa: no contexto das celebrações andinas, como o Pase del Niño no Equador, aparece como um personagem mascarado e selvagem que representa o espírito da floresta e das forças naturais. Ele costuma usar trajes rústicos e, frequentemente, um chicote.

Sanjuanito: gênero musical e dança tradicional do Equador, especialmente popular na região andina. Tem raízes indígenas e mestiças, sendo uma manifestação cultural associada às festividades de San Juan (São João), que ocorrem em junho.

Sasaka: cometa.

Shumpalles: seres metade humano, metade peixe, criados pela serpente cosmogônica Trentren Vilu a partir dos corpos de humanos mortos em sua última batalha contra seu rival Kaykay Vilu, um deus também na forma de uma serpente.

Shunku: coração.

Siku: instrumento musical tradicional dos Andes, utilizado principalmente por povos indígenas, como os Aymara, Quechua e outros grupos da região. É uma flauta composta por tubos de diferentes tamanhos, que são alinhados lado a lado e presos por cordas ou fibras.

Soroche: termo específico usado nos Andes, principalmente no Peru e na Bolívia, para descrever o mal da altitude (*mal de montaña* ou *apunamiento*). O soroche ocorre devido à falta de oxigênio em altitudes elevadas e pode causar sintomas como dor de cabeça, náuseas, tontura e fadiga.

Supay: deus das trevas, espírito ou demônio que habita o submundo inca.

Tayta: pai ou avô, progenitor. Em alguns contextos, também pode ser usado, como forma de respeito, em referência a um ancião, um líder comunitário ou um sábio.

Tinya: instrumento andino de percussão, semelhante a um tambor.
Tuta: noite.
Tuwamari: deus da música.
Tzantzas: cabeças reduzidas.
Upalla uyay: escute com atenção.
Waka: objeto sagrado, lugar ou ser que possuem significado espiritual. Esse termo é comumente utilizado para descrever elementos da natureza, como montanhas ou rios, que são considerados sagrados, além de objetos e relíquias associados a ancestrais ou a divindades.
Warmi: mulher.
Wawa: filhote.
Wawita: bebê ou recém-nascido.
Wayra: vento.
Wayra huañuy, wayra puca, wayra sorochi, wayra ritu: ventos maus, intensos, que afetam a saúde ou o estado de ânimo das pessoas e dos animais. A alguns se atribui a transformação do território, a capacidade de arrancar árvores e criar redemoinhos, assim como de adoecer as pessoas.

    Wayra huañuy: vento da morte.

    Wayra puca: vento vermelho.

    Wayra sorochi: vento do soroche.

    Wayra ritu: vento do inverno.

Yachak: pessoa sábia, curandeira ou xamã, alguém que possui conhecimento profundo, especialmente sobre tradições espirituais, medicinais e culturais.
Yaraví: gênero musical mestiço que mistura elementos da poesia trovadoresca espanhola e do harawi inca.